KB198005

도둑맞은 얼굴

효주 지음

씨드북

차례

접속 해제 불가

재이의 시야에 경고 메시지가 떴다.

'링크 해제가 왜 안 되는 거야, 한 번도 이런 적이 없었는데…….'

재이는 지금 당장 물속을 벗어나고 싶었지만 게임에서 빠져나갈 수가 없었다. 검은 물속을 비추고 있는 헤드램프의 빛이 점점 희미해지고 있었다. 이제 남은 시간은 4분.

얼마 전 네오스피어가 업데이트되면서 튕김 오류 현상이 생겼다는 게시판 글이 떠올랐다. 데이터가 손상된 제로 스페이스에 갇히면 현실로 돌아오지 못한다는 괴소문이었다.

네오스피어는 단순한 게임 플랫폼이 아니었다. 메타버스 안에서 인간의 모든 감각이 재현되는, 완벽한 초현실적 공간이었다. 그만큼 시스템이 복잡했고 오류가 나타날 여지가 충분했다.

'제로 스페이스 괴담이 진짜인가…….'

재이의 심장이 빠르게 뛰기 시작했다. 재이는 물살을 휘젓던 팔다리를 멈추고 주위를 둘러보았다. 헤드램프에서 뻗어 나간 빛줄기 사이로 화려한 빛깔의 열대어들이 나타났다 사라졌다. 소름 끼치는 정적이 공포로 다가오는 순간 물살의 움직임이 느껴졌다.

'상어 떼다!'

재이는 아래를 내려다보았다. 손목에 감긴 족쇄가 발밑의 검은 심해로 이어져 있었다. 재이가 시계처럼 생긴 디지털 족쇄에 임의의 세 자리 숫자를 입력했다. 숫자를 잘못 누를 때마다 시간이 빠르게 줄어들었다. 이제 남은 시간은 2분. 상어가 우글거리는 심해 탈출 게임에 성공하면 손목시계형 전자 기기인 스마트 링의 최신 버전을 받을 수 있다. 어렵지 않을 거라는 생각에 도전했지만 상품은 고사하고 죽을지도 모른다는 공포가 재이를 덮쳤다. 숫자 누르기가 겁이 났지만 멈출 수도 없었다. 이제 남은 시간은 50여 초.

머릿속이 하얘졌다. 갑자기 물결의 움직임이 달라지고 있었다. 재이는 마우스피스를 통해 들어오는 산소를 한껏 들이마셨다. 일렁이던 물결 사이로 거대한 상어 한 마리가 나타났다. 상어의 검은 눈이 번들거렸다. 상어는 약 올리듯 재이의 주변을 느릿하게 돌았다. 상어의 날카로운 이빨을 보자 재이는 숨이 멎을 것 같았다.

'링크 해제! 링크 해제! 제발…….'

남은 시간은 30초. 상어에게 물려 죽기 전에 심장마비로 죽을 것 같았다. 재이의 주위를 돌던 상어가 갑자기 사라졌다. 재이가 주위를 두리번거리는 찰나 물살이 크게 흔들리더니 왼쪽 다리에 엄청난 통증이 몰려왔다. 고통으로 벌어진 입에서 마우스피스가 빠지고 대신 바닷물이 울컥 들어왔다. 몸부림칠수록 상어의 이빨은 더욱 깊게 재이의 다리를 파고들었다.

"오네트, 사이킬! 사이킬!"

온라인 친구 릴제의 다급한 목소리가 들렸다. 사이버

공간과 죽음이라는 단어가 합쳐진 '사이킬(cykill)'은 유저들이 위기의 순간에 사용하는 치트키였다. 그런데 이 사이킬은 엄청난 용기가 필요했다. 블래스터(blaster)라는 총으로 스스로를 쏘아야 하기 때문이다.

재이의 머릿속에 얼마 전에 봤던 뉴스 기사가 스쳤다. 다른 메타버스 서비스에서 머리에 치명적인 손상을 입은 사용자가 현실에서도 의식을 잃고 쓰러진 뒤 한 달 만에 사망한 사건이었다.

하지만 현실처럼 생생히 느껴지는 고통이 곧 생각을 가로막았다. 재이는 아이템 보관함에서 은빛 광택이 도는 mx-7 블래스터를 꺼내 관자놀이에 대었다.

'이건 가상 현실이야. 가짜 세계라고!'

심장이 미친 듯이 뛰었다. 피 냄새를 맡은 다른 상어들이 몰려들고 있었다. 남은 시간은 3초. 더는 다른 방법도, 시간도 없었다. 재이는 눈을 감고 방아쇠에 손가락을 걸었다. 방아쇠를 당기려는 찰나, 거센 물살이 재이를 휘감았다. 재이의 몸이 회전하며 소용돌이에 휘말렸다. 어딘가로 빨려 들어가며 정신이 혼미해지는 순간, 재이의 입과 코로 산소가 밀려들었다.

재이가 크게 숨을 몰아쉬며 눈을 떴다. 하늘거리는 크림색 커튼, 침대와 책상, 너저분한 방 안의 물건들이 눈에 들어왔다. 재이의 기숙사 방이었다. 사이킬을 사용하지 않고 현실로 돌아왔다는 생각에 저절로 안도의 한숨이 새어 나왔다.

재이는 싱어에게 물렸던 왼쪽 다리를 살펴보았다. 당연히 멀쩡했다. 하지만 끔찍한 고통은 여전히 생생했다. 재이는 관자놀이에서 엄지손톱만 한 브레인 링크를 떼어 내 내려다보았다. 처음으로 네오스피어가 낯설게 느껴졌다. 그때 손목에 차고 있던 스마트 링 화면에 메시지가 떴다.

> 오네트, 괜찮아? 무슨 일 있는 건 아니지?

릴제였다. 재이는 괜찮다는 메시지를 보내고 침대에 누웠다. 비록 가상 세계 속의 친구지만 누군가 자신을 걱정해 주는 사람이 있다는 생각에 마음이 따스해졌다. 재이는 릴제와 처음 만났던 날을 떠올렸다.

현실뿐 아니라 온라인에서도 마음을 나눌 친구를 만나

기란 쉽지 않다. 아바타라는 가면 뒤에서 친밀한 관계를 원하는 자체가 어리석은 일일지도 모른다. 일찌감치 마음을 비우고 네오스피어를 드나들던 어느 날, 좋아하는 인디 밴드 '브리즈'의 음악을 들으며 메인 광장에 앉아 있던 재이의 앞에 열기구를 체험해 보라는 홀로그램 광고가 나타났다.

현실이라면 고소공포증 때문에 꿈도 꾸지 않았겠지만 이곳에서 그런 걱정은 필요 없었다. 네오스피어는 죽음과는 거리가 먼 곳이니까. 재이는 바로 네오스피어 지도를 열고 열기구를 탈 수 있는 '제트 구역'으로 이동했다.

생각보다 열기구를 체험하려는 이용자가 많아 줄을 서서 기다려야 했다. 운 좋게도 재이 바로 뒤에서 체험이 종료되었고, 재이는 오롯이 혼자서 열기구를 탈 수 있었다.

"여기밖에 자리가 없다는데 같이 앉아도 될까요?"

느닷없는 목소리에 재이가 고개를 돌렸다. 재이처럼 기본 설정 그대로인 아바타가 머리 위에 '릴제'라는 닉네임을 띄우고 재이를 내려다보고 있었다. 남에게 잘 보일일도, 잘 보이고 싶은 마음도 없어서 굳이 가상 화폐인 루니를 들여 아바타를 꾸밀 생각을 하지 못했는데 자신과 같은 기본 아바타를 보자 웃음이 나왔다. 재이가 고개를 끄덕였고 두 사람은 같이 앉았다. 화려하고 멋진 아바타 사이에서 기본 설정 아바타 둘은 확실하게 눈에 띄었다.

열기구가 점점 고도를 높였고 둘 사이엔 어색한 침묵이 흘렀다. 다행히 릴제가 먼저 입을 열었다. 주황빛 노을 때문이었는지, 기본 아바타였기 때문인지, 릴제와는 처음 만났음에노 왠지 모르게 친밀감이 들었다. 어느새 재이는 원래 알고 있던 친구에게 말하듯 조잘조잘 떠들어 대고 있었다. 너무 많이 떠들었다는 사실을 깨닫고 황급히 입을 다물었지만 이미 많은 말을 하고 난 뒤였다.

"우리 비슷한 것도 많고 꽤 잘 통하는 것 같아."

"어? 그러게, 그런 것 같네."

둘은 어느새 존댓말 대신 반말을 하고 있었다. 누군가와 즐겁고 편안하게 대화를 나눈 건 정말 오랜만이었다. 하지만 곧 재이는 마음이 무겁게 가라앉았다. 다 늘어난 티셔츠에 무릎 나온 바지를 입은 현실 속 자신의 모습이 떠올랐다. 현실에서 도망쳐 가상 세계에서만 사는 자신을 릴제가 보면 분명 실망할 거라는 생각이 들었다.

"우리 친구 하자."

친구라는 단어에 가슴이 설렜다. 재이는 네오스피어에

서 가면을 더 두껍게 만들었다. 마음속에 있던 질투와 분노, 우울한 감정은 감추고 잘 웃는 척, 너그러운 척, 배려심 많은 척 릴제를 대했다.

재이가 아쉬운 마음에 다시 네오스피어에 접속하려는데 방문이 열리며 유리가 고개를 내밀었다.

"노크도 없이 뭐야."

"무슨 소리야, 내가 노크를 몇 번이나 했는지 알아? 또 게임했지?"

유리가 재이의 침대 위에 놓인 브레인 링크를 힐긋 보며 미간을 찡그렸다. 유리의 피부는 오늘따라 더욱 투명하고 화사하게 보였다. 주눅 든 재이는 목이 늘어난 티셔츠를 손으로 추스르고 유리 손에 들린 약봉지를 바라보았다.

"안 그래도 가지러 가려고 했어. 그거 갖다주려고 4층까지 올라온 거야?"

"그럼 너 보고 싶어서 왔겠니? 짜증 나. 너 때문에 학원 늦었잖아."

"누가 가져다 달래? 같은 날 태어난 것도 억울한데, 학교까지 따라와서…….”

아차 싶어 입을 다물었지만 말은 이미 재이의 입을 떠난 뒤였다. 유리는 어이없는 표정을 짓더니 침대에 약을 던지고 나가 버렸다.

재이는 한숨을 쉬며 창문을 활짝 열었다. 후덥지근한 공기 사이로 도심의 높은 빌딩들이 보였다. 저 빌딩 숲 어딘가에서 행복하게 저녁을 먹고 있을 가족을 상상했다. 서로의 하루를 이야기하며 가벼운 농담을 건네는 모습, 식탁 위로 번지는 엄마 아빠의 다정한 미소…….

저 멀리 빌딩 숲에 재이가 태어난 바이오 백 센터 빌딩이 눈에 들어왔다.

인공 자궁인 바이오 백은 인구 절벽에 대한 위기감 속에서 탄생했다. 수많은 시행착오 끝에 성공한 바이오 백을 통해 재이와 유리도 태어났다. 바이오 백에서 태어난 아이들은 부모와 선생님의 역할을 대신하는 관리사의 보살핌 아래 공동체 생활을 했다. 교육비와 생활비는 성인이 될 때까지 지원되었기에 개인적으로 신경 쓸 일은 거의 없었다.

재이와 유리가 자란 ‘드림 헤븐’도 그런 공동체 커뮤니

커뮤니티였다. 하지만 재이와 유리는 운이 나빴다. 따뜻한 관리사를 만난 대부분의 아이는 사랑을 받으며 무난히 자랐지만, 재이와 유리의 관리사는 자주 폭언을 퍼붓고 손찌검했다. 식사 시간에 늦거나 청소를 제대로 하지 않으면 고개가 돌아갈 정도로 뺨을 때렸고, 때로는 얼음 팩을 건네며 협박까지 서슴지 않았다.

"이건 네가 잘못해서 맞은 거야. 누구한테 떠벌리기만 해 봐. 여기서 내쫓을 줄 알아."

관리사의 말에 재이는 겁에 질렸다. '내쫓는다'는 말이 세상에서 제일 무서웠다. 그래서 관리사의 눈에 들기 위해 눈치껏 행동했다. 하지만 늘 유리가 한발 앞섰고, 칭찬은 언제나 유리의 몫이었다. 재이의 마음속에는 경쟁심과 질투가 가득 차올랐고, 그 사이로 죄책감이 스며들었다. 학교에 입학하자 또 다른 세상이 재이를 기다리고 있었다.

'쟤, 백 출신이래.'

누군가의 말은 순식간에 학교 전체로 퍼져 나갔다. 아이들은 재이를 인공 자궁에서 나온 실험용 쥐라며 수군거렸다.

어느 날, 재이는 화장실에서 아이들 말을 엿듣게 되었다.

"백에서 나온 애들 말이야. 청소 봇이나 도우미 안드로이드랑 뭐가 다르냐? 그냥 인구수 채우려고 만들어 낸 거잖아."

"근데 유리는 백 출신이라는 게 안 믿겨."

재이는 어이가 없었다. '나랑 같은 인공 자궁에서 태어났는데 왜?'라고 따지고 싶었지만 용기가 나지 않았다. 재이의 마음에 쌓인 분노는 유리를 향하기 시작했다.

재이는 유리와 함께 있는 자리를 피했고 의도적으로 거리를 두었다. 어차피 유리도 같은 마음인지 가끔 복도나 운동장에서 마주쳐도 재이를 모른 척했다. 유리 역시 소문을 들었을 테니 자신과 같은 취급을 받기 싫은 거라고 재이는 지레짐작했다.

화장실 사건 이후, 중학교를 졸업할 때까지 재이는 유리와 거의 말을 섞지 않았다. 대신 교실에서 조용히 공부에만 매달렸다. 성적이 좋아 잠시 주목을 받았지만, 관심은 금세 사라졌다. 아무것도 신경 쓰지 않고 공부에 몰두할수록 이상하게 텅 빈 마음속 갈증은 전혀 채워지지 않았다. 재이는 왜 이런 기분이 드는지 알 수 없었다. 언젠가부터는 알려고도 하지 않았다.

혼자 지내는 시간이 늘어나면서 친구들과도 자연스레 멀어졌고, 하루 종일 한마디도 하지 않는 날이 점점 쌓여 갔다. 그러다 결국 우울증이 찾아왔다. 계속 잠만 오고, 하고 싶은 일도, 먹고 싶은 것도 없었다. 그동안 모든 노력을 쏟아부었던 공부도 싫어졌다.

고개를 들면 아이들이 보였지만 재이에게 다가오는 사람은 아무도 없었다. 재이는 선생님의 눈치를 보고, 남의 시선을 의식하며 하루하루를 피곤하게 버텼다. 스트레스로 생긴 두통과 배앓이 때문에 자주 결석했고, 생활은 점점 엉망이 되었다. 재이는 어느새 쓸모없는 인간이 되어 버렸다는 생각이 들었다. 절대 빠져나올 수 없는 구덩이에 빠진 느낌이 들자 더는 학교를 가지 않게 되었다.

중학교 3학년이 끝나 갈 무렵이었다. 오늘은 꼭 나오라는 담임의 연락을 받고 억지로 몸을 일으켜 학교에 갔다. 하지만 수업 시간 내내 머리가 깨질 듯이 아팠다. 약을 먹어도 나아지지 않았고, 두통을 핑계로 조퇴했다. 교문 밖으로 나오자 거짓말처럼 두통이 사라졌다. 머리가 맑아졌지만 기숙사로 돌아가고 싶지는 않았다.

재이는 무작정 거리를 걸었다. 그러던 중 우연히 홀로

그램 광고 하나가 눈에 들어왔다.

세상과의 연결이 필요할 때, 네오스피어가 있습니다.
무한한 가능성과 새로운 인연을 만나 보세요. 특별한
세계, 네오스피어가 당신을 기다리고 있습니다!

문구를 보자마자 대번에 마음이 끌렸다. 네오스피어에
접속하려면 브레인 링크가 필요했다. 돈 걱정은 없었다.
매달 들어오는 용돈과 생활비는 쓸 일이 거의 없어 통장
에 차곡차곡 쌓여 있었다.

집으로 돌아온 재이는 흰 상자를 열어 동전 크기의 은
빛 브레인 링크를 꺼냈다. 사용 방법은 간단했다. 자석처
럼 생긴 브레인 링크를 양쪽 관자놀이에 붙이기만 하면
끝이었다.

재이는 상자 속 설명서를 읽었다. 브레인 링크는 뇌 속
시냅스에서 생성되는 전기 자극을 감지해 사용자의 느낌
과 생각, 행동을 네오스피어 안에서 현실처럼 느끼게 해
준다고 했다. 한마디로 뇌와 네오스피어를 연결하는 인터
페이스였다.

네오스피어에서는 닉네임이 필요했다. 재이는 마리오네트 인형을 떠올리고 '오네트'라는 닉네임을 쓰기로 했다. 떠밀리듯 살고 있는 자신과 마리오네트라는 닉네임은 잘 어울렸다. 가상 세계와 인형이라는 이미지도 잘 맞아떨어졌다. 그렇게 재이는 오네트가 되어 네오스피어에서 즐거운 시간을 보냈다.

식사 시간을 놓쳐 저녁도 못 먹었지만 배고픔은커녕 모든 게 만족스러웠다. 광고 문구처럼 네오스피어는 재이에게 또 다른 세상이자 특별한 세계였다. 네오스피어에서는 눈치를 볼 필요도 없고, 자신이 쓸모없는 존재처럼 느껴지지도 않았다. 재이는 마치 다시 태어난 것 같았다.

네오스피어에서의 생활이 익숙해질수록 현실이 점점 더 갑갑하게 느껴졌다. 드림 헤븐에는 규칙이 많았다. 밤 10시가 되면 생활관의 모든 불이 꺼졌다. 관리사의 잔소리와 감시는 참을 수 없을 만큼 귀찮고 불편했다. 브레인 링크를 빼앗길까 봐 늘 학교에 가지고 다니는 것도 신경 쓰였다. 그래도 졸업이 다가오고 있었다. 재이는 너무도 당연하게 기숙사가 있는 고등학교에 지원했고, 다행히 합격했다.

"재이야, 축하해. 유리도 같은 학교에 합격했던데 좋겠다. 자매인데 잘 지내야지."

관리사가 활짝 웃으며 꽃다발을 내밀었다. 재이와 유리의 사이를 다 알고 있으면서 모른 척하는 관리 선생님의 이중성도 싫었지만, 고등학교에 가서도 유리를 다시 봐야 한다는 사실이 더 절망스러웠다.

고등학교 입학 후, 재이는 유리와 아예 모르는 사람처럼 지냈다. 마주쳐도 못 본 척 스쳐 지나갔고, 마주치지 않으려고 일부러 돌아가는 길을 택했다. 그래도 결국 소문은 돌았고, 유리와 재이가 바이오 백에서 태어난 쌍둥이라는 사실도 알려졌다. 하지만 중학교 때처럼 안드로이드니, 실험용 쥐니 하는 조롱은 들리지 않았다. 좀 더 교묘한 방식으로 뒷말이 오갔을지도 몰랐지만, 적어도 재이의 귀에 들어오진 않으니 상관없었다.

작은 새 한 마리가 창문 앞에 내려앉는 바람에 재이는 생각에서 빠져나왔다. 어느새 하늘은 조금 더 어두워졌고 하나둘 불 켜진 빌딩들이 눈에 들어왔다. 살짝 온도가 내려간 공기가 폐 속으로 스며들었다. 재이는 유리가 가져다준 약을 먹고 침대에 앉았다. 브레인 링크의 차가운 금속 감촉이 피부에 닿자 마음이 한결 차분해졌다. 눈을 감고 '싱크'라는 단어를 떠올리자 대뇌 피질의 신호를 감지한 브레인 링크가 순식간에 재이를 네오스피어로 데려다 주었다.

네오스피어에 산들바람이 불자 메인 광장의 꽃과 나무들이 가볍게 흔들렸다. 부드러운 바람이 뺨을 스치며 지나갔다. 재이는 네오스피어 지도를 불러냈다. 하루에도 수십 개의 새로운 공간이 생겼다 사라지는 곳이라, 항상 지도를 참고해야 했다.

릴제는 오프라인 상태였다. 어디로 갈지 지도를 살피는데 메시지 알림이 떴다. 메시지를 터치하자 생일 축하 음악과 함께 지도 위로 화려한 홀로그램 생일 카드가 펼쳐졌다.

오네트 님, 생일을 축하합니다!
돌아오는 토요일 저녁 6시
고스 리테일이 주최하는 '시크릿 가든' 파티에 당신을 초대합니다!

재이는 카드를 열어 보았다. 재이의 시선을 끈 건 유명 인플루언서 레오의 이름이었다. '설계자'라는 별명을 갖고 있는 레오는 메타버스 속 독특하고 특별한 공간을 창조하는 뛰어난 실력자였다. 네오스피어의 이름난 건물 중 여러 개가 레오의 손에서 탄생했다. 게다가 레오는 네오스피어의 개인 방송과 여러 광고에도 등장하며 다방면으로 활동을 하고 있었다. 그런 레오를 초대하다니, 꽤 규모가 큰 파티인 듯했다.

나머지 내용을 천천히 살펴보던 재이의 눈이 커졌다. 이미 매진된 브리즈의 콘서트 티켓이 이벤트 상품으로 적혀 있었다. 그것도 가장 좋은 VVIP석이었다!

'이건 무슨 일이 있더라도 참가해야 해.'

재이는 입장에 필요한 비밀 코드를 아이템 보관함에 저장했다.

비밀 메시지

학원가 골목으로 접어들자 유리가 다니는 학원인 코드 스페이스 아카데미 건물이 보였다. 주말인데도 학원가는 북적였다. 유리는 옷 가게에 걸린 분홍색 크롭 티셔츠를 보자마자 네오스피어에서 즐겨 입는 비슷한 옷이 떠올랐다.

유리는 주저 없이 가게 안으로 들어가 옷을 샀다. 유리는 타인의 시선을 신경 쓰지 않았다. 그래서인지 어려서부터 눈치를 보는 재이가 싫었다. 잘못한 것도 없이 매를 맞는 것도 억울한데 덮어놓고 잘못을 비는 재이 때문에 관리사에게 제대로 따지지도 못했다. 비굴하고 소심한 재이가 싫어서 남처럼 지내다 일부러 기숙 학교에 입학했다. 하지만 놀랍게도 거기에 재이가 있었다.

같은 학교에 다니게 되었다고 다시 말을 섞는다거나 아는 척하지는 않았다. 들리는 말에 의하면 재이는 하루 종일 네오스피어에서 산다는 것 같았다. 유리는 그런 재이가 한심했다.

"아……."

유리가 배를 잡으며 허리를 굽혔다. 네오스피어를 떠올리자 속이 쓰렸다.

'일어나지도 않은 일로 걱정하지 말자. 잘 해결될 거야. 내가 누군데.'

지금부터라도 네오스피어에 접속하지 않으면 되었다. 그곳에 있는 모든 건 가짜였다. 그곳에 진짜 유리는 없었다. 네오스피어의 '뮤게'는 유리의 아바타일 뿐이었다.

"일찍 왔네?"

"어, 희수야."

유리는 얼른 표정을 가다듬고 활짝 웃었다.

"태오 쌤 어제도 밤늦게까지 일했겠지? 음료수라도 사다 드려야겠어. 우리 편의점 들렀다 가자."

희수가 학원 맞은편에 있는 고스 편의점을 가리켰다. 희수가 좋아하는 윤태오 선생님은 동안인 데다 다정해서 인기가 많았다. 무엇보다 성실하고 코딩 실력도 좋았다.

"유리야, 오늘 생일 파티에 몇 명이나 온대? 내가 모르는 애들도 있지?"

"아마 그럴걸, 중학교 때도 열 명은 모였으니까 올해도 비슷할 거야."

그때 유리와 희수 뒤로 누군가 불쑥 다가왔다.

"오늘 우유리 생일이었어? 축하한다!"

회색 트레이닝복을 입은 제후였다. 민소매 아래로 드러난 단단한 근육은 운동선수라고 해도 믿을 정도였다.

"편의점 가는 거야? 그럼 나 먼저 들어갈게."

제후가 손을 들어 보이고 학원 쪽으로 뛰어갔다. 지나가던 아이들이 제후를 힐긋거렸고 그중 한 명은 휴대폰으로 사진을 찍었다.

"키 크고 잘생긴 데다 공부도 잘해, 코딩도 잘해, 뭐 하나 빠지는 게 없다. 그냥 지나가도 되는데 괜히 말 건 거 보면, 혹시 제후가 너 좋아하는 거 아니야?"

희수가 유리를 떠보듯 물었다.

"제후 다른 반에 좋아하는 애 있다는 소문이 자자한데 무슨 소리야. 그리고 제후는 내 스타일 아니거든. 난 편의점 사장님같이 푸근한 사람이 좋아."

"어휴, 못 말려."

희수가 눈을 흘기자 유리가 피식 웃었다. 희수를 보며
웃고는 있었지만 사실 유리의 마음은 다른 문제로 복잡했
다. 들릴 듯 말 듯 한숨을 내쉬며 유리는 희수를 따라 편
의점으로 들이갔다.

"안녕하세요."

"어, 유리하고 희수구나. 이거 신제품인데 하나씩 마
셔 볼래?"

창고 정리를 끝내고 나오던 사장님이 장갑을 벗으며
망고주스 두 개를 내밀었다.

"감사합니다. 이렇게 자꾸 퍼 주시다가 편의점 망하는
거 아니에요?"

희수가 망고주스를 받았다.

"요즘 이런 구식 편의점이 살아남기는 힘들지. 난 다행
히 학원가에 자리를 잡은 덕분에 괜찮아. 그러니 이렇게
보답하는 게 당연하지."

사장님은 편의점에 들르는 아이들에게 음료수나 아이
스크림을 종종 무료로 나눠 주어서 단골도 많고 평판도

좋았다.

"참, 너희 네오스피어 하지? 본사에서 무슨 행사를 한다던데. 잠깐만 기다려 봐."

사장님이 급히 계산대 서랍에서 무언가를 꺼냈다.

"이거 한 장씩 가져가. 이벤트 초대장인데 안에 무료입장 코드가 있다더라."

"우아, 네오스피어에서 고스 리테일 팝업 스토어를 여나 보네요?"

희수가 눈빛을 반짝이며 초대장을 받았다.

"이거 재이한테도 전해 줄래? 재이는 어떻게 지내니? 요샌 통 못 봤네."

사장님이 초대장을 유리에게 건넸다.

기숙사 밖으로 잘 나오지 않는 재이는 아저씨가 근처에서 편의점을 하고 있다는 사실조차 모르고 있었다. 사장님은 오래전부터 드림 헤븐과 거래를 해 왔기 때문에 유리, 재이와도 아는 사이였다. 어려서부터 유리와 재이는 언제나 다정하고 푸근하게 웃어 주는 아저씨를 '스마일 아저씨'라고 불렀다. 둘 다 아저씨를 좋아했지만 아저씨가 몰래 주고 간 간식 때문에 늘 싸움이 났다. 질투가 많은 재이는 유리가 받은 사탕이나 젤리를 자기 것과 바꾸자고 했다. 유리가 싫다고 하면 밤에 침대에 누워 꼭 한마디를 했다.

"스마일 아저씨가 몰래 사탕 줬다고 내일 선생님한테 이를 거야."

몇 번 그 말을 들은 후로 유리는 재이가 하자는 대로 했다. 시간이 흐르면서 간식이 학용품이나 가방, 옷 등으로 바뀌었다. 유리는 재이 몰래 물건을 감추는 습관이 생겼고, 조금씩 재이를 마음속에서 밀어내었다. 심리적인 거리가 물리적인 거리까지 넓혀 주었다. 신경 쓰지 않으니 너무 편했다. 지금처럼 계속 지내는 것도 나쁘지 않았다. 굳이 초대장 하나 전해 주자고 일부러 재이를 만날 이유가 없었다.

"세월 참 빠르다. 그 꼬맹이들이 이렇게 컸으니."

사장님이 유리의 머리를 살짝 쓰다듬었다.

"제가 전해 줄게요."

희수가 유리 눈치를 보며 초대장을 받았다.

편의점을 나온 유리와 희수는 맞은편 학원으로 발길을 돌렸다.

"유리야, 너 사장님이 머리 쓰다듬는 거 별로지? 네가 애도 아니고. 기분 나쁘고 싫을 것 같아. 일부러 그러는 건가?"

편의점을 나온 희수가 투덜거렸다.

"무슨 소리야. 어릴 때부터 봐 온 분이라 그렇지 않아."

유리의 말에 희수가 입을 삐죽 내밀었다.

"어, 엘리베이터 왔다!"

학원 입구에 들어서자 막 도착한 엘리베이터 문이 열렸다. 유리가 희수를 따라 뛰려는데 스마트 링이 진동했다. 화면에 'L'이라는 글자가 보였다. 순간 유리의 심장이 철렁 내려앉았다.

"먼저 올라가. 화장실 들렀다 갈게."

희수가 고개를 끄덕이며 엘리베이터 닫힘 버튼을 눌렀다. 엘리베이터가 올라가는 걸 확인한 뒤, 유리는 스마트 링을 터치했다.

생일 축하해.

화면에 뜬 메시지를 확인한 유리의 몸이 그대로 굳었다.

시크릿 가든

네오스피어 메인 광장은 분수대를 중심으로 다양한 상점과 게임 센터가 즐비했다. 재이는 광장 한편에 놓인 벤치에 앉아 아바타들을 구경 중이었다.

'유리는 지금쯤 시끌벅적하게 파티 중이겠지.'

작년 생일도 요란하게 보냈으니 올해도 어김없이 친구들 틈에서 신나게 즐기고 있을 게 분명했다. 재이는 현실이든 가상 현실이든 생일을 축하해 주는 사람이 한 사람도 없다는 사실이 허전했다. 재이가 한숨을 쉬며 네오스피어 지도와 시크릿 가든 파티 초대장을 띄웠다.

"어디 가려고? 오, 브리즈 콘서트 티켓 매진이잖아."

만나기로 한 것도 아닌데 릴제가 나타났다.

"깜짝이야. 응, 그래서 여기 가 보려고."

"심심했는데 잘됐네. 같이 가자."

생일을 혼자 보낼 생각에 우울했는데 릴제 덕분에 기분이 좋아졌다. 재이와 릴제는 바로 시크릿 가든으로 이동했다.

담장 밖으로 은은한 음악이 흘러나왔다. 이벤트에 참여하려는 회원들이 시크릿 가든 앞으로 모여들고 있었다.

"여기 초대장 있어야 들어갈 수 있잖아. 난 친구한테 얻었는데. 넌 어떻게 구했어?"

재이는 괜히 부담을 주는 것 같아 잠깐 뜸을 들이다 대답했다.

"음, 사실 오늘이 내 생일이거든. 축하 이벤트에 당첨됐어."

"아, 생일이구나. 축하해! 뭐 갖고 싶은 아이템이나 물건 있으면 말해."

"아니야, 이렇게 같이 있어 주는 게 선물이지. 사실 오늘 혼자라서 기분이 좀 그랬거든. 고마워."

"오, 내 존재가 선물이라 이거지. 기분 좋은데."

"뭐야."

재이가 어이없는 표정으로 눈을 흘기자 릴제가 크게

웃었다.

정문에서 초대장을 스캔한 경비원이 릴제와 재이를 안으로 들여보내 주었다. 은빛 조각으로 장식된 문을 지나 안으로 들어서자 넓은 뜰이 펼쳐졌다. 정원 곳곳에 정문의 경비원과 똑같은 복장을 한 NPC(Non Player Character)들이 눈에 띄었다. 재이는 NPC에게 다가가 시크릿 가든의 안내 자료와 내부 지도를 내려받았다.

"콘서트 티켓은 고스트 하우스에서만 받을 수 있네."

"그럼 가 보자."

두 사람은 시크릿 가든 구석에 있는 고스트 하우스를 향해 걸음을 옮겼다. 고스트 하우스가 가까워질수록 사방이 서서히 어두워졌다.

"저기다!"

릴제의 말에 고개를 들어 보니 낡고 오래되어 보이는 유럽풍의 고택이 보였다. 한눈에도 유령이 나올 것 같은 분위기에 재이는 살짝 긴장이 됐다. 거미줄이 잔뜩 늘어진 두꺼운 나무문 앞에서 릴제가 재이에게 블래스터 하나를 내밀었다.

"참, 이거 가져가. 그냥 생일 선물이라고 생각해."

"설마 여기서도 사이킬을 할 일이 있을까?"

은빛 블래스터를 보자 재이는 머리카락이 쭈뼛 섰다.

"걱정 마. 그냥 보물찾기 게임이잖아. 혹시 모르니까 주는 거야."

재이는 블래스터를 아이템 보관함에 저장하고 릴제와 함께 집 안으로 들어섰다. 낡은 카펫이 깔린 복도를 따라 조금 더 걸어 들어가자, 어둑한 공간에 보랏빛 홀로그램이 나타났다.

원하는 상품의 방으로 이동하세요.

단, 한 사람당 한 개의 방을 선택해야 합니다.

반원형의 넓은 거실에 일정한 간격으로 문 여러 개가 보였다.

"난 루니 상품권 방으로 들어가야겠다. 오네트, 행운을 빈다!"

릴제가 안으로 들어가자마자 문이 닫혔다. 재이 차례였다. 콘서트 티켓을 떠올리자 또 다른 문이 열렸다. 재이는 조심스레 문을 열고 안으로 들어섰다.

벽에 걸린 조명 덕분에 많이 어둡지는 않았다. 하지만 걸을 때마다 오래된 마룻바닥이 삐걱거려 재이는 신경이 곤두섰다. 안으로 조금 더 들어가자 낡은 소파와 육각형 테이블, 그리고 고풍스러운 책장이 보였다. 벽난로에서는 장작이 타올랐고, 맞은편에는 금빛 테두리가 멋스러운 거울이 걸려 있었다.

재이는 가구를 닥치는 대로 뒤지고 카펫까지 들추며 티켓을 찾아 보았다. 하지만 아무리 찾아도 티켓이 보이지 않자 슬슬 초조해졌다. 포기하려고 나가려는 순간 책장에 꽂힌 책 한 권이 눈에 들어왔다.

『Lily of the valley』.

유리가 어려서부터 좋아하던 은방울꽃의 영어 이름이라 재이도 잘 알고 있었다. 재이는 책장에서 책을 꺼내 들었다. 그런데 갑자기 바닥이 진동했다. 놀란 재이가 한 걸음 뒤로 물러서자 책장 뒤로 벽의 틈이 벌어졌다. 딱 한 사람이 들어갈 만한 크기의 문이 하나 있었다. 재이가 조심스레 안으로 들어서자 곧바로 문이 닫혔다. 재이가 들어온 문은 다른 장소와 연결되는 비밀의 문인 듯했다.

재이는 주위를 둘러보았다. 눈앞에 펼쳐진 공간은 누

군가의 집처럼 보였다. 포근한 베이지색 카펫과 투명한 유리 테이블, 긴 갈색 소파가 보였다. 흰색 벽난로 위에는 액자와 조각품들이 깔끔하게 장식되어 있었다. 거실 끝에는 2층으로 올라가는 나선형 나무 계단이 있었다. 재이가 계단 쪽으로 걸으려는 순간, 다급하게 계단을 내려오는 소리가 들렸다. 재이는 얼른 툭 튀어나온 벽난로 옆으로 몸을 숨겼다.

"좀 더 있다 가라니까."

남자 목소리에 이어 여자 목소리가 들렸다.

"저 학원에 가야 해요. 왜 못 가게 하는 거예요? 여기 나가는 문이 어디예요?"

'학원'이라는 말에 재이가 고개를 내밀다 선반 위에 있던 장식품을 떨어뜨리고 말았다. 쨍그랑 소리와 함께 장식품이 떨어지며 산산조각이 났다.

"거기 누구야!"

남자가 거친 목소리로 소리쳤다. 틈을 노린 여자가 황급히 재이 쪽으로 뛰어왔다. 화장이나 옷차림 등 어설프게 어른 흉내를 낸 모습에 유리가 겹쳐 떠올랐다. 급하게 다가오는 여자를 보며 재이는 회원 정보를 재빠르게 훑었다. '앨리스'라는 닉네임 외에 특별한 점은 없었다.

"저 좀 도와주세요. 혹시 문이 어디에 있었는지 기억하세요?"

"그냥 링크 해제를 하면 되잖아요."

재이가 의아해서 말했다.

"이 방에서는 해제가 안 돼요."

앨리스가 뒤를 돌아보며 빠르게 말을 덧붙였다.

앨리스의 시선을 따라가다가 재이는 깜짝 놀랐다. 인플루언서 레오가 서 있었다.

"초대받지 않은 손님이네요? 당신은 누구지? 여기 어떻게 들어왔어요?"

레오가 재이를 빤히 보았다.

"책장에서 책 하나를 꺼냈는데……."

"아, 『Lily of the valley』?"

레오는 그럴 줄 알았다는 듯 빙그레 웃었다.

"다시 나가려는데 문이 사라졌어요. 어떻게 해야 하죠?"

무슨 이유인지는 모르겠지만 재이는 본능적으로 빨리 이곳에서 나가야겠다는 생각이 들었다. 앨리스가 옆에서 재이의 팔을 잡았다.

"저도 같이 나갈게요."

"그럼 아이템 보관함에 있는 사진 삭제하고 가."

레오가 단호한 목소리로 말했다.

"네? 그, 그건 추억이 담긴 사진들이라 안 돼요."

"거기 내 사진도 있잖아. 나 인플루언서야. 아무리 메타버스라고 해도 남의 사진 막 쓰면 안 되는 거 알지? 빨리 삭제해. 안 그럼 못 나가."

앨리스는 빨리 나가자는 듯 재이의 팔을 더 세게 쥐었다. 하지만 재이는 레오가 틀린 말을 한 건 아니라고 생각했다. 가상 공간이라고 해도 초상권은 중요했다. 특히 레오 같은 인플루언서라면 더욱더.

"그냥 삭제하고 나가는 게 나을 것 같은데요."

"들었지? 얼른 삭제해. 그럼 이걸로 문 열어 줄게."

레오가 작은 리모컨을 흔들어 보이자 갑자기 앨리스가 레오에게 달려들었다. 예상치 못한 공격을 당한 레오가 벽난로에 부딪히며 쓰러졌다.

"도망쳐요!"

바닥에서 리모컨을 주운 앨리스가 재이에게 소리치며 뛰었다. 재이가 안으로 들어왔을 때처럼 벽이 벌어졌다.

앨리스를 따라 밖으로 나가려는 순간 뒤따라온 레오가 재이를 붙잡았다.

"악!"

중심을 잃고 쓰러진 재이는 얼른 접속 해제를 시도했다.

'링크 해세. 링크 해제!'

하지만 앨리스 말처럼 소용이 없었다.

"오해하지 말아요. 나 나쁜 사람 아니에요. 앨리스가 먼저 접근해서 내 사진을 찍어 갔어요. 그거 달라고 한 거야. 정말 이럴 때마다 인플루언서니 뭐니 다 때려치우고 싶다니까."

레오가 쓰러진 재이에게 손을 내밀었다. 재이는 손길을 거부하고 얼른 자리에서 일어섰다. 레오가 재이에게 한 걸음 다가서려는데 뒤에서 앨리스의 목소리가 들렸다.

"그 여자한테서 떨어져. 안 그럼 쏠 거야!"

밖으로 혼자 도망친 줄 알았던 앨리스가 레오에게 블래스터를 겨누고 있었다. 블래스터를 본 레오 눈이 커졌다.

"뭐 하는 짓이야. 메타버스에서 다른 사용자한테 무기를 사용하면 법에 걸리는 거 몰라? 그거 범죄야. 살인이

나 마찬가지라고! 메타버스진흥법 제32조, 알 거 아냐."

레오의 말대로였다. 최근, 의학계에서 새로운 연구 결과를 발표했다. 브레인 링크 기술이 대뇌 피질과 직접 연관되어 있어 아바타의 손상이 현실의 신체에도 영향을 미칠 수 있다는 내용이었다. 그리고 얼마 후, 메타버스에서 머리에 손상을 입고 사망한 사례까지 나오며 메타버스진흥법 제32조에 '가상 공간에서 아바타의 신체에 위해를 가할 경우 현실과 동일하게 처벌한다'는 임시 조항이 추가되었다.

"무슨 사정이 있는지는 모르겠지만, 우리 그냥 보내 주세요."

재이의 말에 레오가 억울하다는 표정을 지었다.

"보내 달라고? 둘 다 제 발로 들어와 놓고 왜 나를 나쁜 사람으로 몰아가는 거지? 앨리스, 네가 말해 봐. 너도 이 여자처럼 네 발로 들어왔잖아. 사인해 달라고 먼저 접근했던 거 기억 안 나?"

앨리스는 레오의 말이 들리지 않는 것처럼 블래스터를 그대로 겨눈 채 재이에게 턱짓했다.

"먼저 나가요."

재이가 문을 빠져나오자 앨리스도 재빨리 몸을 돌려 밖으로 빠져나왔다. 닫히는 비밀의 문 사이로 레오의 짜증 난 얼굴이 보였다.

"도대체 무슨 일이에요?"

재이가 주위를 돌아보며 말했지만 그새 앨리스는 사라지고 없었다. 재이는 꿈을 꾼 것처럼 머릿속이 혼란스러웠다.

추락 유리

    스마트 링 메시지를 확인한 뒤, 유리는 어떻게 계단을 올라왔는지도 기억나지 않았다. 정신을 차리고 보니 어느새 강의실 앞에 서 있었다. 강의실 안에서 선생님의 나직한 목소리와 희수의 웃음소리가 들렸다. 선생님을 향한 호감이 가득한 웃음이었다. 유리가 느꼈던 값싼 감정과 달리 희수의 웃음은 순수하고 맑았다.

    인기척을 느꼈는지 선생님이 강의실 문을 열고 나왔다.

    "유리야, 안 들어오고 뭐 하고 있어?"

    "지금 들어가려던 참이었어요."

    "어서 들어와."

    선생님이 다정하게 미소 지었다. 자리에 앉아 컴퓨터 모니터를 켜는 동안 선생님의 목소리가 이어졌다.

"자, 이제 농담 그만하고 다시 수업 시작할까?"

말을 마친 선생님이 가볍게 입김을 불자, 이마 위 머리카락이 살짝 들썩였다가 제자리를 찾았다. 선생님이 전자칠판을 모니터 화면으로 바꾸었다. 선생님은 네오스피어에서 만든 상점 오브젝트에 다양한 효과를 적용하는 방법을 설명했다. 하지만 유리의 귀에는 하나도 들어오지 않았다.

"유리야, 아까부터 무슨 생각을 그렇게 깊이 해?"

쉬는 시간, 선생님이 유리에게 말을 걸었다.

"아니에요."

유리는 허둥지둥 모니터로 시선을 돌렸다. 하지만 화면을 바라보는 동안에도 여전히 머릿속은 복잡했다.

"유리는 상상력이 풍부해서 아이디어도 많고 창의력이 좋더라. 진로를 정할 때 이 분야를 고려해 봐도 괜찮을 것 같아. 그런데 닉네임이 특이하네? 뮤게? 무슨 뜻이야?"

"꽃 이름이에요."

유리는 선생님의 친절하고 세심한 관심이 고마웠다. 강의 실력은 말할 것도 없었다. 하지만 처음엔 한 가지 걸리는 점이 있었다. 학원 수업이 대형 메타버스 플랫폼 네오스피어를 이용해 이루어진다는 사실이었다. 유리는 평소 네오스피어에 빠져 사는 재이를 못마땅하게 여겼다. 그런데 어쩔 수 없이라도 네오스피어를 드나들어야 한다는 사실이 찝찝했다.

'괜찮아. 재이랑은 목적이 다르잖아.'

재이가 오로지 즐거움만 좇아 네오스피어에 드나드는 것과 달리 유리에게는 학습과 미래를 위한 투자라는 명분이 있었다. 마음속 불편함을 접어 두고 학원을 다닌 지 두 달쯤 지나자 자신감이 붙었다. 실력이 늘자 유리는 네오스피어에 혼자만의 공간을 만들었다.

유리는 집을 예쁘게 꾸미는 일에 푹 빠졌다. 네오스피어에는 거대한 쇼핑몰이 즐비했고, 티브이와 냉장고 같은 가전제품부터 의자와 테이블 같은 가구, 카펫이나 어항, 화분, 심지어 강아지 밥그릇까지 없는 게 없었다. 마음만 먹으면 무엇이든 손에 넣을 수 있었지만 문제는 루니였다. 집을 꾸미기에는 루니가 턱없이 부족했다.

그래도 유리는 집을 포기할 수 없었다. 아무리 가상 공간 속 집이라 해도 유리에게는 너무나 소중한 공간이었다.

"유리가 꽃을 좋아하는구나."

선생님의 말에도 유리는 아무 대답 없이 모니터만 쳐다보고 있었다. 마침 누군가 부르는 소리에 선생님은 유리를 그대로 둔 채 강의실 앞쪽으로 걸음을 옮겼다. 유리는 다시 모니터에 집중하며 새 벽지를 골랐다. 그런데 자꾸 스마트 링 메시지가 신경 쓰여 화면이 눈에 들어오지 않았다. 체한 것처럼 속이 울렁거리고 쓰렸다. 메시지를 보낸 그 남자가 자연스레 머릿속에 떠올랐다. 결과적으로 모든 일은 그 집 때문에 벌어진 것이나 다름없었다.

두 달 전, 학교가 끝나고 교실을 나서려는데 희수가 큰 비밀이라도 털어놓듯 유리의 귀에 대고 속삭였다.

"오늘 플랜비에서 세일 시작했대. 첫날이 제일 중요한 거 알지?"

네오스피어 종합 쇼핑몰인 플랜비의 세일을 기다리고 있던 유리에게 반가운 소식이었다. 두 사람은 집에 도착하자마자 네오스피어에 접속해 플랜비에서 신나게 쇼핑했다. 희수가 학원에 간다며 먼저 나가고, 유리도 네오스피어를 나가려는데 메인 광장에 홀로그램 광고가 나타났다.

단기간에 천만 루니를 모을 수 있는 '루니 클럽'을 소개합니다.

특별한 당신을 위한 이너 서클, 지금 바로 문의하세요!

루니가 절실했던 유리는 고민 없이 지도를 열어 루니 클럽을 찾고 좌표로 이동했다.

유리가 도착한 곳은 막 어둠에 물들기 시작한 도시 한복판이었다. 크고 작은 빌딩들이 숲처럼 빽빽이 솟아 있었고, 차와 사람들로 거리는 무척 분주했다. 매서운 찬바람이 짧은 치마와 크롭 티셔츠를 입은 유리의 몸을 할퀴었다. 메인 광장과 정반대로 이곳은 한겨울이었다. 갑작스러운 계절 변화에 유리는 당황스러웠다. 지나가던 한 무리의 아바타가 덜덜 떨고 있는 유리를 보고 휘파람을 불며 지나갔다.

"정보 없이 그냥 들어왔나 봐요."

검은 모자를 쓴 남자가 유리에게 다가왔다.

"근처에 옷 가게가 있는데 옷 사러 갈래요?"

남자도 유리처럼 반바지에 반팔 차림이었다. 얼마 남지 않은 루니가 마음에 걸렸지만 양말이라도 사 신어야

할 것 같았다.

　남자가 데려간 옷 가게는 대체로 가격이 높았다. 유리가 가지고 있는 루니로 살 수 있는 건 정말 양말밖에 없었다. 양말 하나를 겨우 사 신고 가게 밖으로 나오자 남자가 유리에게 쇼핑 봉투를 내밀었다.

　"이건 처음 만난 기념으로 주는 선물이에요."

　"아니에요. 괜찮아요."

　유리가 거절했지만 남자는 끝까지 유리에게 쇼핑 봉투를 쥐여 주었다.

　"감사합니다. 다음에 꼭 갚을게요."

　"그럼 다시 만나야겠네요. 난 레오예요. 당신은?"

　남자가 웃으며 말했다. 이름을 들은 유리는 남자의 얼굴이 어딘가 낯이 익다는 느낌이 들었다.

　"혹시, 그…… 인플루언서, 레오?"

　"맞아요. 하지만 신경 쓰지 말고 편하게 대해 주세요. 어디 보자, 어, '뮤게'라면, 은방울꽃이죠?"

　"어떻게 알아요? 대부분 잘 모르는데."

　"꽃을 좋아해요. 관심도 많고요."

　레오가 선물로 준 체크무늬 외투는 엄청 따뜻했다. 자

연스럽게 대화를 나누다 보니 어느새 친구처럼 레오가 편안하게 느껴졌다.

"혹시 루니 클럽에 대해 잘 알아요?"

유리가 레오에게 물었다.

"이런 곳이 아니어도 루니 벌 방법은 많아요. 여긴 아주 투명하고 깨끗한 곳은 아니거든요."

레오는 유리에게 어떻게 하면 루니를 효율적이고 합법적으로 모을 수 있는지 유익한 정보를 알려 주었다. 신규 오픈 게임에 베타테스터로 참가하거나 광고 회사의 설문에 참여해 루니를 받는 방법 등 유리가 몰랐던 다양한 정보가 가득했다. 유리는 레오를 따라 네오스피어 안의 여러 장소를 다니며 다른 팁도 많이 배웠다. 그러는 동안 레오는 유리에게 자연스레 말을 놓았다. 유리는 친밀해진 둘 사이가 싫지 않았다.

"이런 정보는 다 어디서 알게 된 거야?"

"사실 너한테 말 안 한 게 있어."

레오가 잠깐 말을 멈췄다 다시 이었다.

"사실은 메인 광장에서 네가 루니 클럽 광고를 보고 지도를 여는 걸 봤어. 광고 보고 가입했다가 정보만 털리고 이용당하는 경우가 많거든. 네가 신경 쓰여서 따라온 거야. 기분 나빴다면 미안해."

유리는 깜짝 놀랐다.

"정말 몰랐어. 걱정해 줘서 고마워."

"그렇게 생각해 주니 오히려 내가 감사한걸. 사실 오랜만에 마음이 통하는 사람을 만나서 나도 즐거웠어. 알다시피 가상 현실에서 속마음을 나눌 친구를 만나는 게 쉬운 일은 아니잖아."

그날 유리는 레오와 개인적으로 메시지를 주고받을 수 있도록 설정을 변경했다. 이제 네오스피어에 접속하면 언제 어디서든 레오와 만날 수 있다. 그 생각만으로 심장이 두근거렸다.

다음 날, 레오가 먼저 연락을 해 왔고, 그 이후 유리는 네오스피어에서 매일 레오와 만났다. 처음에는 손등만 스쳐도 어색했지만 어느새 자연스럽게 팔짱을 끼고 걸을 만큼 친해졌다.

어느 날, 레오가 유리를 만나자마자 갈 데가 있다고 했다.

"보여 주고 싶은 게 있어."

레오는 유리를 자신의 집으로 초대했다. 초록 잔디

로 덮인 넓은 마당과 빨간 지붕이 유리의 집과 비슷했다. 1층의 거실은 테이블과 소파만 놓여 있어 깔끔했고, 2층에는 여러 개의 방이 있었다. 베란다 창으로 보이는 정원에는 아름다운 꽃과 나무가 가득했다.

"우아, 은방울꽃이네!"

유리가 창밖을 바라보며 말했다.

"응, 내가 가장 좋아하는 꽃이야."

"어머, 흔한 꽃이 아닌데. 둘이 좋아하는 꽃이 같다니 정말 신기해."

레오가 유리의 어깨에 조심스레 손을 얹으며 귓가에 속삭였다.

"언제든 와도 돼."

레오의 집 비밀번호를 알게 된 유리는 레오에게 특별한 사람이 된 것 같아 가슴이 두근거렸다.

며칠 후, 망설임 끝에 유리 또한 아무도 모르는 혼자만의 집에 레오를 초대했다. 두 사람은 영화를 보고 게임을 하며 즐거운 시간을 보냈다. 유리는 현실이 아닌 가상 세계에서 느끼는 감정과, 레오와의 관계를 어떻게 정의해야 할지로 머릿속이 혼란스러웠다.

레오와 영화를 보고 있을 때였다. 레오가 자연스럽게 손을 뻗어 유리의 허리를 감았다. 순간 유리의 몸이 얼음처럼 굳었다. 레오는 유리의 반응에 자세를 고쳐 앉았다.

　"놀랐다면 미안해."

　당황한 유리가 옆으로 살짝 떨어져 앉다 레오의 셔츠 사이로 보이는 타투를 발견했다.

　'Lov'가 무슨 뜻인지 물어보려다 사적인 걸 묻는 것 같아 그만두었다. 유리가 그렇게 조심스러워하는 반면 레오는 궁금한 게 있으면 바로바로 물었다. 유리는 레오의 관심이 싫지 않았다. 질문에 답을 하다 보니 자연스레 지금까지 살아온 이야기를 하게 되었다.

　"바이오 백에서 태어난 뒤로 언니랑 나는 줄곧 공동체 생활을 했어. 그래서인지 가족과 함께 지내는 따뜻한 공간을 늘 그리워했던 것 같아."

　유리의 말을 듣던 레오가 살짝 망설이더니 자신의 이야기를 꺼냈다.

　"그랬구나. 나도 비슷해. 어머니가 교통사고로 돌아가시는 바람에 형편이 어려워서 잠깐 친척 집에서 자란 적이 있어. 그리고 보면 나도 너처럼 그런 공간을 꿈꿨던 것 같아. 내가 왜 이 집을 만들었는지 이제 알 것 같네."

레오가 유리를 보며 미소를 지었다. 유리는 비슷한 아픔을 간직한 레오가 조금 더 특별하게 느껴졌다.

유리는 가만히 생각에 잠긴 레오를 보며 물었다.

"무슨 생각 해?"

"지금 이 순간이 영원했으면 좋겠다는 생각. 너랑 참 잘 통하는 것 같아. 이런 감정을 느껴 본 게 몇 년 만인지 모르겠어. 널 생각하면 마음이 이상해져. 네오스피어에서만 볼 수 있다는 게 아쉬울 정도야."

유리도 레오와 같은 마음이었지만 한편으로는 마음이 무거웠다. 네오스피어의 뮤게가 아닌 현실에서의 유리는 그저 평범한 고등학생일 뿐이었다.

"실제로 날 만나면……, 실망할 수도 있어."

유리는 말끝을 흐렸다.

"서로 실제 모습을 모르는데도 우리 이렇게 잘 통하잖아. 그러니까 진짜 모습을 알게 된다면 더 가까워질 거라고 생각해. 현실에서 네가 어떤 사람이든 상관없어. 너무 아쉽지 않아? 이대로 끝낼 수는 없잖아."

유리가 조심스레 물었다.

"하지만, 현실에서 만난다 해도 나는 레오에 대해 아는 게 거의 없어. 내가 어디에 사는지, 어느 학교에 다니는지 다 알면서, 왜 나한테는 아무것도 알려 주지 않는 거야? 학교에 다니지 않아도 괜찮고, 어떤 일을 하고 있어도 상관없어. 나도 궁금하단 말이야."

레오는 멋쩍은 듯 웃었다.

"사실은 널 궁금하게 만들어야 네가 나를 더 좋아해 줄 것 같아서 조금 더 비밀로 하고 싶어. 나, 나쁘지? 네가 너무 좋으니까 자꾸 그렇게 되네. 미안."

레오의 솔직한 고백에 유리는 마음이 복잡했다. 레오의 진심이 담긴 마음은 충분히 느꼈지만 가상 세계에서의 감정이 현실까지 이어질 수 있을지는 모르는 일이었다.

유리는 레오와 네오스피어에서만 주고받던 메시지를 학교에서도, 기숙사에서도 주고받기 시작했다. 레오는 가상 세계 속의 아바타가 아니라 현실 어딘가에서 같이 숨 쉬고 있는 사람이었다. 시도 때도 없이 보고 싶다며 보채는 것도 귀여웠다. 좋아하는 사람에게 받는 뜨거운 관심은 솜사탕처럼 달콤하기만 했다.

'현실에서도 레오를 만날 수 있다면 얼마나 좋을까.'

유리는 온종일 레오 생각으로 머릿속이 가득했다.

보고 싶어. 사진 한 장 보내 줄 수 있어?

어떤 잠옷 입고 자? 궁금해.

잘 잤어? 자고 일어난 사진 좀 보내 주라.

레오는 자꾸 사진을 보내 달라고 졸랐다. 흐트러진 모
습까지 궁금해하는 걸 보니 레오의 마음이 진심인 것처
럼 느껴졌다. 망설이던 유리는 결국 머리와 잠옷 매무새
를 가다듬은 뒤 사진을 찍어 레오에게 전송했다. 레오가
그만큼 자신을 좋아한다는 사실이 좋았지만, 학교에 있는
동안에는 일부러 귀찮은 척을 했다.

도대체 어디에 쓰려고 이렇게 사진을 찍으라는 건데!

그만 묻고 제대로 좀 찍어 봐. 이건 얼굴이 너무 크게 나왔
잖아. 좀 멀리서 찍어 줘.

어휴, 힘들어 죽겠네. 벌써 한 시간째인 거 알아?

투덜대면서도 유리는 각도를 바꿔 가며 셔터를 눌렀

다. 수십 장의 사진 중에서 겨우 자연스럽게 나온 사진 한 장을 골라냈다. 그런 유리 옆에서 희수가 한마디를 던졌다.

"요즘 너 학원 자주 빠지더라. 무슨 일 있어? 태오 쌤이 오늘은 꼭 같이 오래."

"안 그래도 다음 주에는 가려고 했어."

유리는 건성으로 대답하며 레오에게 사진을 전송했다.

그날, 네오스피어에서 만난 레오는 다른 때보다 훨씬 더 애정이 담긴 눈빛으로 유리를 바라보았다.

"우리 유리 보고 싶었어."

유리는 레오와 함께하는 시간이 더욱더 특별하게 느껴졌다.

지이잉. 멍하니 생각에 빠져 있던 유리가 화들짝 놀라며 강의실을 둘러보았다. 다들 각자의 작업에 몰두하고 있었다.

지이잉.

다시 한번 스마트 링이 진동했다. 확인하지 않은 동영상 파일이 있다는 알림이었다. 유리는 내키지 않는 마음으로 동영상 재생 버튼을 터치했다. 순간 화면을 보는 유리의 눈이 휘둥그레졌다. 음란물 동영상 속 여자의 얼굴은 끔찍하게도 유리였다. 숨 막히는 공포와 충격으로 자리에서 벌떡 일어난 유리는 그대로 강의실을 뛰쳐나왔다. 계단을 정신없이 뛰어 내려가던 유리는 비상문을 열고 휴게실이 있는 어둑한 복도를 정신없이 달렸다.

유리의 머릿속에 끝없이 동영상이 재생되었다. 화면 속 여자는 유리였지만 유리는 그런 동영상을 찍은 적이 없었다. 다리가 풀린 유리가 무너지듯 복도에 주저앉는 순간 또 한번 스마트 링이 진동했다. 유리는 떨리는 손으로 메시지를 확인했다.

> 너에 관한 모든 걸 내가 갖고 있다는 거 잊지 마.
> 이번엔 네가 직접 찍어서 보내.
> 널 사랑하는 Lov.

유리는 스마트 링을 움켜쥐고 부들부들 떨었다. 두려움과 공포로 속이 뒤틀리며 울렁거렸다. 금방이라도 토할 것 같은 기분에 입을 막고 복도 끝에 있는 휴게실로 뛰었다. 유리는 구석에 있는 휴지통에 대고 구역질을 했다. 초록색 쓴물까지 모두 토해 낸 유리는 힘없이 벽에 기대어 앉았다.

수업이 끝났는지 소란스러운 소리가 들리다 이내 사라졌다. 휴게실 밖은 다시 고요에 잠겼다. 유리의 눈가가 붉어졌다. 전송된 동영상은 삭세했지만 이게 끝이 아닌 시작이라는 직감이 들었다. 그러자 숨 막히는 공포감이 온몸으로 퍼져 나갔다.

머릿속에서 네오스피어에 만든 집이 부서지고 무너져 내렸다. 느닷없이 재이가 떠올랐다. '재이라면 어떻게 했을까?' 재이는 항상 의심이 많고 조심스러웠다. 재이였으면 애초에 레오 같은 사람에게 넘어가지도 않았을 것이다. 끝없이 타오르던 분노가 곧바로 자책으로 바뀌었다.

'달콤하고 낯간지러운 말을 사랑으로 착각하다니. 내가 바보였어.'

자책하던 유리는 문득 더 무서운 건 동영상이 퍼지는 일이라는 생각이 들었다. 갑자기 눈앞이 캄캄해졌다.

'그것만은 막아야 해. 하지만 어떻게……'

아무리 생각해도 방법이 떠오르지 않았다. 절망감이

큰 파도처럼 유리를 덮쳤다. 레오는 유리의 모든 걸 알고 있다. 학교와 기숙사 주소, 친구 관계, 심지어 유리가 좋아하고 싫어하는 음식과 영화, 음악까지. 이 사실이 유리를 더욱 절망에 빠뜨렸다. 온몸에서 피가 빠져나가는 것 같았다. 유리는 오로지 한 가지 결론밖에 떠오르지 않았다. 벗어날 길은 죽음뿐이었다. 불그스름하게 물든 하늘이 눈에 들어왔다. 유리는 휴게실 발코니로 나갔다.

발코니 난간을 넘어가려는데 얕은 주머니에서 브레인 링크가 바닥으로 툭 떨어졌다. 유리는 브레인 링크를 주웠다. 브레인 링크를 보자 자연스레 재이가 떠올랐다. 남보다도 못한 사이로 지냈지만 재이는 유일한 가족이었다. 재이에게는 죽음의 이유를 남겨야겠다고 생각했다. 그런데 스마트 링에 메시지를 남기려는 순간 뒤에서 인기척이 들렸다. 유리가 뒤돌자 갑자기 누군가 유리를 안았다. 너무나 익숙한 손길이었다. 벌어진 셔츠 사이로 'Lov' 타투가 보였다. 유리의 몸이 그대로 굳었다.

"어떻게 여기에……."

고개를 들어 남자를 본 유리는 말을 잇지 못했다. 눈앞에 서 있는 사람은 너무도 잘 아는 얼굴이었다. 유리의 얼굴에 경악과 공포가 들어찼다. 유리가 남자의 품에서 빠져나오려 몸부림쳤지만 남자는 힘이 억셌다.

짙은 두려움이 유리의 전신을 타고 퍼졌다. 필사적으로 저항하는 유리의 팔목을 남자가 거칠게 잡아 비틀었다. 유리가 잡힌 팔을 빼내면서 스마트 링이 끊어져 어딘가로 굴러갔다. 동시에 남자의 힘에 유리가 뒤로 밀려나며 균형을 잃었다. 순간 발밑이 붕 뜨더니 유리의 몸이 발코니 밖으로 넘어갔다.

"아아악!"

날카로운 비명이 노을 속으로 울려 퍼졌다. 유리가 한 손에 쥐고 있던 브레인 링크가 유리와 함께 건물 아래로 떨어졌다. 퍽 하는 둔탁한 소리가 공기를 갈랐다. 발코니 아래를 내려다본 남자는 황급히 휴게실을 빠져나갔다.

브레인 링크 재이

    네오스피어에서 나온 재이는 레오의 날카로운 눈빛이 떠오르자 등골이 오싹했다. 네오스피어에서 유명한 인플루언서 레오와 앨리스 사이에 무슨 일이 있었는지는 모르겠지만, 다급하게 도망치려던 앨리스를 보면 좋은 일은 아닐 거라는 생각이 들었다. 레오의 무례한 태도와 수상한 행동에 본능적으로 위험이 느껴지기도 했다. 앨리스에게 직접 얘기를 들어 보는 게 가장 정확하겠지만, 앨리스라는 닉네임이 너무 많아서 검색이 쉽지 않았다.

    일단 레오에 대해 알아볼 필요가 있었다. 만약 나쁜 놈이라면 그냥 두어서는 안 되었다. 네오스피어는 재이에게 집 같은 곳이었다. 집 안에 쓰레기를 둘 수는 없었다.

    문제는 상대가 인플루언서라는 점이었다. 아무리 가상

세계라지만 유명한 사람에게 접근하기란 쉽지 않았다. 막연한 불안이 머릿속을 헤집었다. 창문을 열었지만 마음속에 들끓는 정체 모를 불안은 가시지 않았다. 방 안이 답답하기는 처음이었다. 좁은 방을 서성이던 재이는 결국 기숙사 밖으로 나왔다.

무작정 나오기는 했지만 어디로 가야 할지 막막했다. 재이는 사람들 틈에 섞여 걷기 시작했다. 오랜만에 네온사인이 번쩍이는 거리를 걸으려니 정신이 없었다. 모든 것이 낯설고 어색했다. 한참을 걷다 스마트 링으로 위치를 확인하자 기숙사에서 좀 떨어진 공원 입구였다.

"우재이!"

뒤돌아보니 제후가 서 있었다. 제후는 면접이라도 보고 온 사람처럼 깔끔하고 단정했다.

"이 시간에, 그것도 밖에서 너를 보네? 공원에는 웬일이야?"

"아, 산책 나왔어. 그럼, 다음에 보자."

제후와는 평소 인사만 몇 번 나눈 어색한 사이였다. 재이는 1초라도 빨리 자리를 피하고 싶었다. 도망치듯 걸음을 옮기려는데 제후가 재이 앞을 막아섰다.

"너 오늘 생일이지? 늦었지만 생일 축하해."

뜻밖의 말에 재이가 고개를 들고 제후를 보았다.

"어떻게 알았어?"

"나 유리랑 같은 학원 다니잖아. 희수랑 얘기하는 거 들었어."

제후가 재이를 보고 웃었다.

"고, 고마워."

재이는 제후가 이렇게 차려입은 이유를 알 것 같았다.

'유리 생일파티에 가는구나.'

친구들에게 둘러싸여 환하게 웃고 있을 유리의 얼굴이 떠올랐다. 동시에 잠옷이나 다름없는 무릎 튀어나온 자신의 바지가 눈에 들어왔다. 재이는 얼굴이 화끈 달아올랐다.

"나 먼저 갈게."

"어? 어……, 그래. 다음에 또 보자."

재이는 고개를 푹 숙이고 빠르게 걸음을 옮겼다.

'내 모습이 어이없겠지. 매번 먼저 아는 척해 줘서 고마웠는데…….'

재이는 뒤돌아보고 싶은 마음을 꾹 참고 다시 기숙사

를 향해 걸었다. 학원가에 다다랐을 무렵, 스마트 링이 울렸다.

"재이야, 지금 어디니? 유리가 병원에 있대. 나도 연락받고 병원으로 가는 중이야."

기숙사 관리 선생님이었다.

"유리가요? 왜요?"

"학원 건물에서 떨어졌대. 자세한 건 병원에 가 봐야 알 것 같아. 지금 병원 주소 보내 줄게."

재이는 땅이 꺼진 것처럼 휘청했다. 선생님이 보내 준 병원 주소를 보니 학원가를 질러가는 길이 제일 빨랐다. 건널목에 초록불이 켜지자 재이는 학원가로 뛰었다. 여러 학원이 밀집한 골목은 오고 가는 학생들로 복잡했다. 허둥지둥 달리던 재이는 누군가와 부딪히며 넘어지고 말았다.

"학생, 괜찮아요?"

편의점 조끼를 입은 아저씨가 바닥에 넘어진 재이를 잡아 주었다.

"죄송합니다."

재이가 얼른 일어서며 고개를 숙였다.

"혹시, 재이 아니니?"

재이를 팔을 잡아 준 아저씨의 얼굴이 어쩐지 낯이 익었다. 아저씨 얼굴 위로 익숙한 얼굴이 겹쳐졌다.

"아저씨!"

"재이 맞구나! 보고 싶었는데 이렇게 만나네. 어디 다친 데는 없어?"

"네."

"유리는 자주 보는데 너는 통 안 보여서 무슨 일이 있나 걱정했었어."

"유리를요?"

재이의 얼굴이 반가움에서 당혹감으로 바뀌었다.

"유리한테 못 들었니? 내가 저기서 편의점을 하고 있거든. 유리가 여기 학원에 다니잖아. 그 덕에 자주 만나지. 그나저나 요즘 유리한테 무슨 일이 있니? 얼굴색이 좀 안 좋던데."

재이는 아저씨가 가리키는 편의점을 힐끗 보았다. 재이는 그동안 유리가 아저씨와 연락하고 있다는 사실을 전혀 알지 못했다. 유리는 아저씨와 가까이 지내면서도 재이에게는 한마디도 하지 않았다. 지금까지 유리가 혼

자만 스마일 아저씨와 연락하며 만났다는 사실에 재이는
배신감이 들었다.

"어, 재이야!"

학원에서 나오던 희수가 재이에게 다가왔다.

"지금 큰일 났어. 유리가 병원에 있대!"

"뭐라고? 유리가 왜? 어디를 다쳤는데?"

희수 말에 놀란 아저씨가 질문을 쏟아 냈다.

"나도 소식 듣고 지금 병원으로 가는 중이었어."

재이가 희수에게 대답했다.

"어느 병원인데? 나도 같이 가마."

"아저씨가 왜요?"

재이의 목소리가 순간 날카로워졌다. 아저씨의 얼굴
에 당혹감이 스쳤다.

"혹시 유리가 괜찮은지 나중에라도 알려 줄 수 있을까?"

아저씨가 조심스레 물었다.

"네, 그럴게요."

짧게 대답한 후 재이는 희수와 걸음을 재촉했다.

"저 아저씨, 좀 이상해."

"뭐가?"

재이가 의아한 표정으로 묻자 희수가 조심스레 말을 꺼냈다.

"유리한테 되게 잘해 주는 건 맞는데……, 어쩐지 아저씨가 유리한테 딴마음이 있는 게 아닌가 싶은 생각이 가끔 들어."

"그게 무슨 말이야?"

"유리 머리 쓰다듬어 주고, 등 토닥여 주고 그러는 게……, 좀 사심이 담긴 느낌이랄까? 내 느낌이 그렇다는 거야. 아니다, 그냥 못 들은 걸로 해 줘. 난 여기서 길 건너야 해. 같이 못 가서 미안. 유리 잘 보살펴 줘."

희수가 말끝을 흐렸다.

"그래, 나중에 또 보자."

멀어져 가는 희수의 뒷모습을 보며 재이는 마음 한구석이 찜찜했다.

날은 완전히 저물었지만 날씨는 여전히 후덥지근했다. 이마에 맺힌 땀이 목덜미로 흘러내렸다.

'유리가 왜 건물에서 떨어졌을까? 설마…….'

끔찍한 상상이 머릿속을 스쳤다. 재이는 세차게 고개를 저었다.

‘아니야. 유리가 스스로 목숨을 끊을 이유는 없어. 그럴 애도 아니고…….’

하지만 재이가 알지 못하는 어떤 일이 있는지도 몰랐다. 복잡한 생각에 빠져 걷다 보니 어느새 병원 입구였다. 서늘함이 느껴지는 로비에 들어선 재이는 방문객 인식기에 유리의 이름을 입력했다.

우유리 / 17세 / 중환자실 / 면회 금지

재이의 심장이 철렁 내려앉았다.

"재이야!"

기숙사 관리 선생님이었다.

"많이 놀랐지? 다행히 생명에는 지장이 없대. 그런데 어쩐 일인지 아직 깨어나지 못하고 있다나 봐. 의사 선생님이 조금 더 기다려 보자고 하시더라."

"선생님, 유리가 왜 건물에서 떨어진 거예요?"

재이가 떨리는 목소리로 물었다.

"학원 휴게실에서 떨어졌다는데, 휴게실 감시 카메라가 고장이어서 좀 더 조사해 봐야 하는 모양이야. 참, 경찰이 유리 스마트 링을 찾던데 혹시 아는 게 있니?”

재이는 고개를 저었다. 선생님은 조심스레 다시 입을
열었다.

“혹시 유리한테 무슨 고민이 있었니? 너희는 자매잖
아. 내가 모르는 일이 있나 싶어서.”

“글쎄요…….”

재이는 시선을 피하며 중얼거렸다.

“하긴, 유리처럼 밝은 애가 고민이 있었으면 얼굴에서
표가 났겠지.”

선생님은 혼잣말처럼 중얼거렸다.

재이는 유리와 마지막으로 대화를 나눈 게 언제인지
기억도 나지 않았다. 유리의 학교생활이 어떤지 전혀 몰
랐고, 알고 싶지도, 궁금하지도 않았다.

“재이야, 괜찮아? 얼굴색이 안 좋네. 지금은 면회가 안
된다니까, 일단 돌아가자.”

선생님 차를 타고 기숙사로 돌아가는 내내 재이는 유
리에 대한 생각으로 머릿속이 복잡했다. 기숙사에 도착하
자 재이는 선생님을 보며 말했다.

“선생님, 혹시 유리 방에 스마트 링이 있는지 찾아 보

고 싶어요."

"그럴래?"

선생님은 재이에게 마스터키를 건네주었다.

204호 문을 열자 가장 먼저 반짝거리는 옷장이 눈에 들어왔다. 재이가 열어 보니 안에는 최신 유행하는 옷이 가득했다. 색깔별로, 용도별로 정리된 모습은 전문가의 손길이 닿은 것처럼 깔끔했다. 지저분한 재이의 방과는 완전히 달랐다. 모든 물건이 제자리를 찾아 가지런히 정돈되어 있었다. 옷장 안의 약상자에 눈길이 닿자 문득 두 통약을 들고 온 유리에게 자신이 쏘아붙였던 막말이 떠올랐다.

'같은 날 태어난 것도 억울한데, 학교까지 따라와서……'

혹시나 유리가 마음에 상처를 입은 건 아닌지 걱정이 되었다. 유리를 질투하고 미워하긴 했지만 막다른 곳으로 몰아넣으려는 의도는 없었다. 갑자기 두려움과 자책이 몰려들었다. 재이는 유리의 책상 위에 두 개씩 놓인 물건을 물끄러미 바라보았다.

곰 인형도 두 개, 작은 액자도 두 개……. 어려서부터 유리는 뭐든 꼭 두 개씩 갖고 싶어 했다. 예전에는 그저 욕심이라고만 생각했는데 갑자기 이유가 궁금했다. 하지만 그 이유를 들을 수 없을지도 모른다는 생각이 들자 마음을 떠받치고 있던 한쪽 기둥이 사라지는 것 같았다. 슬픔인지 절망인지 모를 감정이 느껴졌다. 재이는 크게 숨을 들이마셨다.

마음을 어지럽히는 감정을 애써 억누르며 스마트 링을 찾아 방 안을 살폈다. 한참을 찾았지만 스마트 링은 어디에도 없었다. 기운이 빠진 재이가 침대에 걸터앉았을 때였다. 베개 옆으로 삐죽 튀어나온 낯익은 상자가 보였다.

'웬 브레인 링크?'

상자를 열어 보았지만 안은 비어 있었다. 재이가 상자를 덮고 제자리에 놓으려는데 유리의 태블릿 PC 뒤판에 붙은 우유 캐릭터 스티커가 눈에 들어왔다. 어려서부터 유리의 별명은 우유였다. 유리는 늘 물건에 우유 캐릭터 스티커를 붙였다. 재이는 유리의 별명마저 질투했던 자기 모습이 생각나 저절로 쓴웃음이 나왔다.

태블릿 PC는 비밀번호 없이 열렸다. 재이는 바탕화면에 있는 폴더 하나를 터치했다. 첫 번째 폴더에는 설계도가 저장되어 있었다. 다양한 집과 집 안의 구조가 담긴 도

면들이었다. 또 다른 폴더를 열자 이번에는 설계도를 기반으로 완성한 집의 사진이 들어 있었다.

사진 속 이층집은 인상적이었다. 초록 잔디가 깔린 마당 한편에 흰색 테이블이 놓여 있었고 유리가 좋아하는 은방울꽃이 화단을 가득 메우고 있었다.

'학원 과제인가 보네.'

생각이 거기까지 닿자 재이의 시선이 저절로 브레인 링크 상자로 향했다.

'유리도 네오스피어 회원이었던 거야.'

재이는 머릿속이 혼란스러웠다. 결국 스마트 링을 찾지 못한 재이는 태블릿 PC를 제자리에 돌려놓고 방을 나왔다.

면회가 어렵더라도 유리와 한 공간에 있어야 마음이 놓일 것 같았다. 재이는 밖으로 나와 자율주행 택시에 올랐다. 짙은 어둠이 내려앉은 거리는 형형색색의 불빛으로 물들어 있었다. 재이는 흔들리는 차 안에서 유리와 언제부터 멀어지게 되었는지 곱씹기 시작했다. 재이의 머릿속에 바로 드림 헤븐이 떠올랐다. 재이와 유리의 관리사는 남들 앞에서 보이는 친절하고 다정한 미소 뒤로 냉정하고 매서운 얼굴을 감추고 있었다.

관리사에게는 재이와 동갑인 딸이 있었다. 정부에서 관리하는 드림 헤븐은 지원과 혜택이 풍부했다. 필요한 물건이나 원하는 교육의 대부분이 제공되었다. 일반적인 출산으로 태어난 관리사의 딸은 당연하게도 재이와 유리가 누리는 혜택을 받지 못했다.

어린 재이의 눈에도 관리사는 살림이 넉넉지 않아 보였다. 옷과 가방, 구두는 매일 같았고, 몹시 낡아 보였다. 그래서인지 재이와 유리가 받은 색연필이나 크레파스, 간식을 몰래 가져갔고, 재이와 유리는 남은 걸 둘이 나누어 쓰고 먹어야 했다. 그 바람에 자주 싸웠고 벌을 받았다. 재이는 벌 받는 이유를 유리 탓으로 돌렸다. '유리만 없었다면' 하는 생각이 마음속에 가득 찼고, 점점 더 유리를 미워했다.

창문 밖으로 스치는 풍경을 바라보며 재이는 유리를 미워하다 못해 남처럼 밀어냈다는 사실을 깨달았다. 처음으로 유리에게 미안한 마음이 들었다.

병원 로비로 들어선 재이는 로비 중앙에 있는 엘리베이터를 타고 8층으로 올라갔다. 짙은 알코올 냄새로 가득

한 복도를 걸어 중환자실 창문 앞에 서자 병실 안에서 규칙적인 기계음이 들렸다. 유리는 병원 마크가 새겨진 환자복을 입고 침대에 누워 있었다. 화려한 옷만 입던 유리가 환자복을 입고 있는 모습이 무척 낯설었다.

"유리야……."

재이가 이름을 불렀지만 유리는 죽은 사람처럼 미동도 없었다.

"유리야……."

재이가 다시 이름을 부르자 마치 목소리를 들은 것처럼 유리가 미간을 살짝 찌푸렸다. 놀란 재이가 창문에 이마를 바짝 댔다. 하지만 잠시 후 유리의 표정은 다시 스르르 풀어졌다.

"혹시 가족 되시나요?"

재이가 뒤를 돌아보니 금속 테 안경을 쓴 의사가 서 있었다.

"네, 유리 언니예요."

"환자분은 지금 코마 상태인데, 깊은 잠에 빠져 있다고 보시면 됩니다."

"코마 상태요?"

"의식의 손실로 인해 환자가 반응하지 않는 상태를 말합니다. 뇌 활동이 둔화된 상태라고 보통은 설명하죠."

"그럼 언제 깨어날까요?"

"글쎄요. 그건 단언하기 어렵습니다. 하지만 우유리 환자의 경우는 조금 특이합니다."

의사는 잠시 말을 멈추고 재이를 보았다.

"특이하다니요?"

"환자분의 뇌 활동이 일반적인 코마 상태와는 달라서 저희도 지켜보는 중입니다. 마치 깨어 있는 사람과 유사한 수준의, 활발한 활동을 보이고 있어요."

"뇌 활동이 활발한데도 깨어나지 못한다니, 그게 무슨 말인지 이해가 잘 안 돼요."

"쉽게 말하면 의학적으로는 깨어나야 정상인데 환자가 의식을 찾지 못하고 있는 상태입니다. 전에도 비슷한 양상을 보이던 환자가 있었어요. 이런 경우 뇌와 연결된 외부 자극이 뇌에 영향을 미치는 경우도 간혹 있습니다. 아마도 어떤 자극이나 환경이 무의식 상태의 뇌를 강하게 점유하고 있는 게 아닐까 싶습니다."

의사는 잠시 말을 멈추고 뒷주머니에서 무언가를 꺼

냈다.

"이건 우유리 환자가 사고 당시 가지고 있던 브레인 링크입니다. 보호자분께 드리려고 가지고 있었어요. 사고 당시 환자가 접속 중이었는지는 모르겠지만 이 장치가 옆에 떨어져 있었습니다."

"브레인 링크가요?"

재이는 유리의 방에서 보았던 빈 상자를 떠올렸다.

"어쩌면 이 장치가 환자의 상태와 관련이 있을지도 모릅니다. 우리 병원 연구소에서는 현재 네오스피어 접속이 뇌 활동에 미치는 영향을 연구 중입니다. 이건 가설일 뿐이지만, 이 장치가 활성화된 상태에서 심각한 사고가 발생하면 가상 세계와의 연결이 끊기지 못한 채 환자의 의식 일부가 거기에 고립될 가능성도 배제할 수 없어요."

그때 간호사 구역 쪽에서 급히 의사를 불렀다. 의사가 자리를 떠난 뒤 재이는 쥐고 있던 브레인 링크를 보았다.

'의식이 네오스피어에 고립될 수도 있다고……?'

의사의 말이 재이의 머릿속에 맴돌았다. 재이는 창문 너머로 보이는 유리의 얼굴을 쳐다보았다.

'유리야, 정말 네오스피어에 있는 거야?'

곧 블라인드가 스르륵 내려오며 중환자실 창문이 가려졌다.

재이는 병원 문을 나서며 네오스피어와 유리의 연결고리를 찾기로 결심했다.

레오의 집 유리

유리는 머리가 깨질 듯한 고통에 미간을 찡그렸다.

'여기가 어디지?'

집이 어디인지, 자신의 이름이 무엇인지조차 떠오르지
않았다. 지우개로 모든 기억을 지운 듯 머릿속은 텅 비어
있었다. 불안감에 사로잡힌 유리는 주위를 둘러보았다.
숲 한가운데, 아무도 없는 고요 속에 혼자 서 있었다. 나
뭇잎 사이로 분홍빛으로 물든 하늘이 보였다. 어둠이 내
려앉기 전에 숲을 벗어나야 한다는 생각이 들었다.

한참을 헤매던 중 **빽빽**한 회백색 나무들 사이로 언뜻
붉은 지붕이 보였다. 반가움에 가슴이 뛰었다. 유리는 붉
은 지붕을 향해 서둘러 걸음을 옮겼다.

"계세요?"

대문과 마찬가지로 현관문도 살짝 열려 있었다. 유리는 조심스레 안을 들여다보았다. 집 안에 아무도 없는지 인기척이 없었다.

"아무도 안 계세요?"

잠시 망설이던 유리가 현관문 안으로 들어섰다. 쾌적한 공기가 피부를 감쌌다. 넓은 거실에 베이지색 소파와 흰색 테이블이 놓여 있었다. 군더더기 없이 깔끔하고 정돈된 인테리어였다. 낯선 공간임에도 묘하게 편안한 기운이 느껴졌다. 이제 어떻게 할까 망설이는데 누군가 계단을 내려오는 소리가 들렸다. 한 남자가 걱정스러운 표정으로 유리 앞에 섰다.

"괜찮아? 어디 다친 거야? 도대체 어떻게 된 거야?"

처음 보는 남자는 마치 유리를 알고 있는 것처럼 굴었다.

"저를 아세요?"

유리가 당황하며 묻자 남자의 표정이 순간 일그러졌다. 놀라움과 황당함이 섞인 표정을 지으며 남자가 유리를 위아래로 훑었다.

"처음 본 사람처럼 그게 무슨 소리야?"

남자가 의심스러운 눈빛으로 유리를 보았다.

"그게 아니라······."

"일단 들어와."

남자가 유리의 어깨를 부드럽게 잡아끌었다. 남자의 손길이 이상하게 익숙했다. 혼란스러운 마음으로 거실로 올라간 유리는 남자의 손짓에 소파에 살짝 앉았다.

"저를 어떻게 아시는 거예요?"

유리가 경계심이 묻은 목소리로 물었다.

"정말 몰라서 묻는 거야?"

남자는 한숨을 쉬더니 입을 열었다.

"메인 광장에서 널 처음 봤어. 네가 루니 클럽 지도를 보고 있었지. 거기가 얼마나 위험한지 알려 주려고 내가 따라갔고, 그렇게 알게 된 거야. 설마, 내 이름이 레오라 는 것도 기억 못 하는 건 아니지?"

"레······, 오?"

유리는 남자의 말을 따라 이름을 되뇌었다. 하지만 머 릿속은 짙은 안개로 뒤덮인 것처럼 아무것도 떠오르지 않 았다.

"쉬다 보면 괜찮아질 거야. 여기는 네 집이나 다름없 어. 늘 그랬던 것처럼."

레오는 자연스럽게 유리의 등을 토닥였다. 순간 유리는 본능적으로 레오 옆에서 떨어져 앉았다. 레오의 말과 행동에서 뭔지 모를 위화감이 느껴졌다. 마음 깊은 곳에서 알 수 없는 경고가 울려 퍼졌다.

　　"이제 그만 가야겠어요."

　　"갑자기 왜 이러는지 모르겠다. 왜 이렇게 떨어?"

　　레오가 유리의 어깨에 손을 얹었다. 손길에서 느껴지는 무언의 압박이 유리를 더 불안하게 만들었다. 유리는 레오의 손을 밀어내며 몸을 웅크렸다. 그러자 레오가 피식 웃으며 유리를 보았다. 레오의 눈빛에 묘하게 불쾌한 기운이 감돌았다.

　　"너, 정말로 나를 기억 못 하는 거야?"

　　레오가 유리 옆에 다가앉으며 속삭였다. 유리는 등골이 서늘해졌다.

　　"가야겠어요."

　　유리가 떨리는 목소리로 말하며 자리에서 일어났다.

　　"갑자기 왜 이러는 거야? 내가 세상에서 제일 소중한 사람이라고 할 땐 언제고."

　　레오의 얼굴이 일그러졌다.

"제, 제가 그런 말을 했다고요? 그럴 리가 없어요."

유리는 믿기 어렵다는 듯 고개를 저었다.

"장난이 지나치잖아. 갑자기 이러는 이유가 뭐야?"

레오의 목소리에 짜증이 섞였다.

"장난이라니요. 아무래도 가는 게 좋겠어요."

유리가 등을 돌리며 집을 떠나려는 순간, 레오가 빠르게 유리의 어깨를 붙잡았다.

"어딜 간다는 거야? 여긴 네오스피어잖아. 설마 현실로 착각하는 건 아니지?"

레오는 단호한 목소리로 유리의 몸을 돌려세웠다.

"네오, 스피어?"

유리가 당황하며 주변을 재빨리 훑어보았다. 처음 온 곳임에도 불구하고 묘하게 익숙한 느낌이 들어 이상했다. 거실 끝에 있는 계단, 창밖의 풍경, 복도 끝의 문까지……. 갑자기 집 안의 구조가 선명하게 그려졌다. 그러자 2층 방에서 있었던 희미한 장면이 불쑥 떠올랐다. 뿌연 기억의 파편이 마구 뒤섞이면서 심장이 불규칙적으로 뛰기 시작했다. 레오와 눈이 마주치자 등줄기를 타고 소름이 번졌다. 유리와 마주친 레오의 표정이 싸늘하게 굳었다.

"말해 봐. 왜 네오스피어로 돌아온 거야? 설마, 원본 파일을 찾으러 온 거야?"

레오의 목소리에 의심이 가득했다.

"원본 파일?"

유리가 당황하며 되물었지만, 대답은 중요하지 않았다. 빨리 이곳에서 벗어나야 한다는 생각뿐이었다.

'이 남자는 일부러 나를 집 안으로 끌어들인 거야.'

현관문으로는 도망칠 수 없으리란 판단이 서자마자 유리는 곧바로 2층으로 난 계단을 향해 뛰었다.

"괜히 힘 빼지 마. 여기서 나가기 힘들 거야."

뒤에서 들려오는 레오의 목소리에 계단을 올라가던 유리의 몸이 얼어붙었다. 유리는 순간적으로 복도 끝에 있던 미색 문이 떠올랐다. 자신이 어떻게 그 문을 알고 있는지 알 수 없었다. 유리는 일단 문을 향해 달렸다. 문 앞에 다다라 손잡이를 잡는 순간 "허가된 사용자입니다"라는 음성 메시지와 함께 문이 저절로 닫혔다. 유리는 주저할 새도 없이 안으로 들어섰고, 동시에 문이 닫혔다. 유리는 패널에서 얼른 잠금 버튼을 터치했다. 레오가 문을 두드렸지만 다행히 문은 다시 열리지 않았다.

문 안쪽에는 지하로 이어진 계단이 있었다. 유리가 천천히 계단을 내려가자 넓고 탁 트인 공간이 눈앞에 펼쳐졌다. 중앙에 뿌리가 드러난 채 밑동만 남은 거대한 나무가 자리하고 있었다. 장식품처럼 공간 한가운데에 놓인 나무 주변으로 키 큰 초록 식물이 가득했다. 바닥은 돌멩이와 이끼로 들어차 카펫 위를 걷는 것처럼 푹신했다. 마치 작은 숲 같았다.

초록 식물 사이로 투명한 원통 하나가 보였다. 물이 가득 찬 기둥 안에서 열대어들이 유유히 헤엄치고 있었다. 무엇을 위한 공간인지 알 수가 없었다. 묘한 분위기 속에서 유리는 나갈 수 있는 다른 문을 찾기 시작했다.

그때 이상한 게 눈에 띄었다. 원통 수조에서 반사된 빛이 바닥에 기묘한 무늬를 만들어 내고 있었다. 글자인지, 그림인지 알 수 없을 정도로 흐릿했지만 어쨌든 모양이 계속 변하고 있었다. 가만히 보니 물속 열대어들이 움직일 때마다 바닥 무늬의 형태가 달라지는 것 같았다. 빛과 그림자가 얽히면서 만들어지는 독특한 모양에 잠시 한눈을 판 사이 위쪽에서 문이 열리는 소리가 들렸다. 곧이어 계단을 내려오는 발소리가 들렸다. 숨을 곳을 찾아 두리번거리는 유리를 보고 레오가 피식 웃었다.

"아무것도 건드리지 말고 이쪽으로 와."

지나치게 차분한 목소리가 섬뜩하게 느껴졌다.

"싫어. 여기서 나갈 거예요."

레오는 한심하다는 듯 비웃었다.

"그럴 거 뭐 있어. 그냥 링크 해제하면 되잖아. 우유리, 너 그게 안 되는 거지?"

귀에 익은 이름을 들은 유리의 머릿속이 하얗게 되었다.

'우유리? 맞아, 내 이름은 유리였어. 현실 세계가 아니라면, 나는 왜 이곳을 나갈 수 없는 거지?'

희미한 기억 속에서 또 다른 이름이 어렴풋이 떠올랐다.

'재이?'

기억의 조각들이 머릿속을 어지럽혔다. 유리는 뒷걸음질을 치며 떨리는 목소리로 물었다.

"내……, 내 진짜 이름을 어떻게 아는 거예요?"

레오는 기막히다는 듯 코웃음을 쳤다.

"몰라서 묻는 거야? 연기 그만하고 이제 그쯤 해 둬."

계단 끝까지 내려선 레오의 목소리는 얼음장처럼 차가웠다.

"연기가 아니에요. 정말 기억이 안 난다고요!"

유리가 한 발짝 물러서며 소리쳤다.

"그 높은 데서 떨어졌으니 정상이 아닌 게 당연하지."

"떨어지다니? 도대체 무슨 소리를 하는 거야!"

"그건 내가 물어야지. 병원에 누워 있는 애가 어떻게 네오스피어에 들어와 있는 거지?"

레오의 입가에 서늘한 미소가 번졌다.

"병원?"

유리가 움찔했다.

"그래, 병원. 학원 건물에서 뛰어내렸잖아. 죽으려던 거 아니었어?"

레오의 말이 바늘처럼 가슴을 쿡 찔렀다. 그 순간 깊게 가라앉았던 기억이 희미하게 떠올랐다. 불그스름하게 물든 하늘, 바람, 그리고 귀에 익은 목소리. 하지만 기억은 이어지지 않고 뿌연 안개 속에 갇혀 있었다.

"뛰어내리다니……, 그게 무슨 말이야?"

"말해 주면 뭐가 달라져? 어차피 현실로 돌아가지도 못하잖아."

레오가 후 바람을 불자 앞 머리카락이 살짝 흔들렸다.

유리가 뒷걸음질을 치다 투명 원통에 부딪혔다.

"조심해. 내가 아끼는 수조니까. 그렇게 나가고 싶으면 따라오라니까."

레오의 여유로운 말투에서 알 수 없는 위협이 느껴졌다.

뒤로 물러서던 유리가 또다시 수조를 건드리자 열대어들의 움직임이 빨라졌다.

"수조 건드리지 말라고 했지!"

레오가 뛰어와 유리의 어깨를 붙잡았다. 놀란 유리가 몸을 뒤틀었지만 억센 손아귀에서 벗어나기가 쉽지 않았다.

"몸은 병원에 놔두고 도대체 왜 여기서 이러고 있는 건데? 그 이유만 말해 봐."

레오의 손이 유리의 목을 감싸는 순간, 숨 막히는 공포가 밀려왔다. 기억이 실타래처럼 뒤엉키며 머릿속을 뒤흔들었다.

'여기는 가상 공간이야!'

유리가 얼른 허공을 휘저었다. 눈앞에 반투명한 인터페이스가 떠올랐다. 유리는 재빠르게 원형의 메뉴 창을 스크롤했다. 여러 아이콘이 스쳐 지나갔다. 그중 작은 보관함 아이콘이 보이자 유리가 얼른 아이콘을 눌렀다.

그러나 화면에 나타난 물건들은 예상 밖이었다. 못, 망치, 모종삽, 줄자, 씨앗, 화분…… 심지어 벽지 샘플이나 인테리어 잡지까지. 너무나 현실적인 물건들에 당황하기도 잠시, 유리의 머릿속에 잠긴 흐릿한 기억이 형태를 갖추기 시작했다. 빨간 지붕과 빛을 머금은 초록 잔디, 은방울꽃이 흔들리는 작은 화단…….

'우재이!' 유리는 불쑥 떠오른 이름에 얼른 입을 막았다. 이름 위로 재이의 얼굴이 또렷이 겹쳐졌다.

"너, 떨어지면서 머리를 다쳤구나. 그래서 기억을 잃은 거지?"

레오의 말과 함께 붉게 물들었던 하늘이 떠올랐다. 뒤이어 팔목을 감싸던 서늘한 손의 감촉도 되살아났다. 하지만 그 손의 주인이 누구였는지는 기억나지 않았다. 유리는 아이템 보관함에서 그나마 무기로 쓸 수 있는 망치를 꺼내 들고 소리쳤다.

"원본 파일 어디 있어?"

여태까지의 대화로 미루어 레오의 약점은 원본 파일이라고 유리는 직감했다. 원본 파일의 정체를 알아내면 이

상황에서 벗어날 수 있을 것 같았다. 레오가 입꼬리를 비틀며 웃었다.

"이제야 본심을 드러내는구나."

레오의 말에 파일의 정체가 더욱 궁금해졌다. 동시에 파일의 정체를 알게 되는 게 두렵기도 했다. 유리는 망치를 단단히 고쳐 잡았다.

"말하지 않으면 이걸 깨 버릴 거야."

유리는 원통형 수조를 향해 망치를 들어 올렸다. 레오의 표정이 대번에 굳었다.

"안 돼! 수조는 건드리지 마."

"그럼 원본 파일이 어디 있는지 말해."

레오가 차가운 눈빛으로 유리를 쏘아보았다.

"네가 이런 상태로 파일을 찾으러 올 줄은 몰랐다. 그런데 설마, 진짜로 찾을 수 있을 거라 생각한 건 아니지?"

레오의 말투에 조롱과 경고가 섞였다.

'파일을 찾아야 해. 그게 내가 여기서 나갈 유일한 방법이야.'

레오가 감춘 파일을 찾아야 기억을 되찾고 현실로 돌아갈 수 있을 거라는 확신이 들었다. 레오의 말투나 행동으로 보아 파일은 집 안 어딘가에 있는 게 분명했다. 유리가 빠르게 주위를 둘러보았다.

"오, 본격적으로 찾아 보게? 현실에 있을까, 가상에 있을까? 아니면 둘 다일지도."

레오가 유리를 보며 빈정거렸다.

시간이 없었다. 유리는 손에 든 망치로 원통형 수조를 내리쳤다. 수조 유리가 깨지며 물이 쏟아지고 열대어들이 바닥으로 튕겨 나왔다.

"너 미쳤어!"

레오가 놀란 얼굴로 소리쳤다.

"네가 지금 무슨 짓을 했는지 알아?"

어느새 다가온 레오가 차가운 손으로 유리의 목을 잡았다. 유리는 손에서 미끄러지려는 망치를 놓치지 않으려고 안간힘을 썼다. 레오가 물에 젖은 이끼를 밟고 미끄러지는 순간 유리가 재빨리 망치를 휘둘렀다.

"헉."

레오의 입에서 낮은 비명이 흘러나왔다. 새빨간 피가 이마에서 얼굴을 타고 흘러내렸다. 레오가 손으로 상처를 누르며 유리를 노려보고는 무서운 표정으로 천천히 유리에게 다가왔다. 그때 뒷걸음질하던 유리의 눈에 바닥의 이상한 형상이 보였다.

　원통형 수조가 있던 자리에 푸른빛의 둥근 구멍이 생겨 있었다. 바닥에 흥건한 물이 구멍 속으로 빨려 들어가고 있었다. 유리의 눈이 커졌다.

　'포털이야, 다른 곳으로 이동할 수 있는 출구!'

　유리는 망설임 없이 구멍을 향해 몸을 던졌다.

　"안 돼!"

　레오의 목소리를 뒤로 한 채 유리의 몸은 물과 함께 구멍 안으로 빨려 들어갔다. 좁고 어두운 통로를 통과한 유리는 어둑한 숲 한가운데서 눈을 떴다.

　"여긴……."

　레오의 집을 발견하기 전에 헤매던 숲이었다. 유리는 벌떡 일어나 달리기 시작했다. 잡풀과 나뭇가지가 피부를 스치며 상처를 냈지만 아픔도 느끼지 못했다. 얼마나 뛰었을까. 숨이 턱 끝까지 차올라 잠시 멈춰 섰다. 뒤를 돌아보았다. 다행히 레오는 보이지 않았다. 유리는 천천히 주위를 훑어보았다. 숲을 벗어났다고 생각했지만 그건 착각이었다.

숲은 어느새 낯선 풍경으로 바뀌어 있었다. 사방으로 자로 잰 듯 똑같은 크기의 나무가 길 양쪽에 빽빽이 늘어서 있었다. 나뭇가지가 하늘을 가려 주변은 어둑했고, 좁고 긴 길은 계속해서 다른 길로 끝도 없이 이어졌다. 목이 마르고 다리가 아팠지만 멈출 수는 없었다.

'가상 세계에 갇힌 걸까.'

이곳에서도 링크 해제는 되지 않았다. 이제 유리는 자신이 해제 방법을 제대로 알고 있는지도 확신할 수 없었다. 두려움이 엄습하며 숨이 가빠졌다.

지친 다리를 이끌며 좁은 길을 따라 걷는데 어디선가 귀에 익은 목소리가 들렸다. 목소리를 따라 발걸음을 옮겼지만 희미한 목소리는 금세 다른 길로 사라졌다. 한참 동안 같은 자리를 맴돌던 유리는 자리에 주저앉았다. 그 앞에 레오가 다시 모습을 나타냈다.

"여기서 뭐 해? 한참 찾았잖아. 그냥 병원에 조용히 누워 있지 왜 유령처럼 가상 세계를 돌아다니면서 말썽이야! 네가 이런다고 파일을 찾을 수 있을 것 같아?"

레오의 조롱에 유리는 이를 악물었다. 그때 어디에선가 희미하지만 익숙한 목소리가 들려왔다.

"유리야!"

유리가 빠르게 주위를 둘러보았다. 분명 재이의 목소리였다.

"언니, 나 여기 있어!"

"조용히 해."

유리가 소리치는 순간 레오가 달려들어 유리의 입을 틀어막았다.

"재이야⋯⋯!"

유리는 간신히 목소리를 냈지만 몸에서 힘이 점점 빠지고 있었다. 귓가에 윙 소리가 울리는가 싶더니 웃음기 없는 레오의 차가운 눈빛이 보였다. 유리의 시야가 점점 흐려졌다.

미로 숲 재이

재이의 연락에 희수는 망설임 없이 곧바로 나오겠다고
했다.

"유리한테 무슨 일 있는 거야? 갑자기 보자고 해서 놀
랐어."

공원에 먼저 나와 기다리고 있던 희수가 재이를 보자
마자 물었다.

"유리에 대해 너무 모르고 있었던 것 같아서, 몇 가지
물어보고 싶어서 연락했어. 네가 유리랑 제일 친하잖아."

"그랬구나. 뭐가 궁금한데?"

희수가 고개를 갸웃하며 물었다.

"유리 브레인 링크 상자를 봤어. 난 유리가 네오스피어
에 관심 없는 줄 알았거든."

"아, 그건 학원 수업 때문에 산 거야."

희수가 재이의 눈치를 살피며 말했다.

"그랬겠지. 그런데 그것보다 유리가 네오스피어에 집을 만든 게 아닌가 싶어서……. 스마트 링을 찾다가 유리 태블릿 PC에서 어떤 집의 설계도를 봤거든."

"유리가 따로 얘기를 안 해서 나도 모른 척하고 있었는데, 집을 만든 게 맞아."

"그렇구나. 혹시 그 집이 네오스피어 어디에 있는지 알아?"

"정확히는 몰라도 대충은 알고 있어."

"그럼 같이 가 볼래? 유리가 왜 그렇게 됐는지, 단서를 찾을 수 있지 않을까 해서."

"좋아, 나도 궁금했었는데. 같이 가 보자. 한 시간 뒤에 네오스피어 메인 광장에서 만나. 난 루나야."

희수가 스마트 링을 내밀었다. 재이가 희수의 스마트 링에 회원 정보를 전송하는데, 익숙한 목소리가 들렸다.

"재이 아니니? 재이야, 유리는 좀 어떠니?"

재이가 고개를 들어 보니 스마일 아저씨가 웃고 있었다. 강아지를 데리고 나온 걸로 봐선 산책을 나온 듯했다.

어딘가에서 불어온 바람에 아저씨의 셔츠가 바람 빠진 풍선처럼 펄럭거렸다. 셔츠 안쪽으로 점인지 흉터인지 모를 검은 자국이 슬쩍 보였다. 아저씨가 데리고 있는 갈색 강아지가 재이를 보고 꼬리를 흔들었다.

"아직 깨어나지 못하고 있어요."

재이가 힘없이 대답했다. 강아지가 그런 재이를 보고 짖기 시작했다. 꼬리를 흔들며 짖는 모습이 재이를 아는 체하는 것처럼 보였다. 강아지를 보던 재이의 눈이 커졌다. 초코가 분명했다. 아저씨가 자꾸 짖는 초코의 목줄을 당기며 말했다.

"어서 깨어나야 할 텐데……. 초코야, 쉿. 그럼 나중에 또 보자."

아저씨는 무슨 말을 더 하고 싶은 눈치였지만 지난번 재이의 태도를 기억해선지 초코를 데리고 돌아섰다. 아저씨의 뒷모습을 보며 재이는 잊고 있던 기억 한 조각을 떠올렸다.

여덟 살 무렵 재이와 유리는 아저씨 딸의 생일날 초대받은 적이 있었다. 맛있는 음식을 잔뜩 먹고 아저씨 딸과 함께 숨바꼭질을 하며 놀고 있었다. 그때 강아지한 마리가 꼬리를 흔들며 재이와 유리에게 다가왔다. 유리가 손을 내밀자 아저씨 딸이 강아지를 얼른 안아 올리며 말했다.

"더러운 손으로 함부로 만지면 병 걸려서 안 돼. 얘는 내 동생이야. 우리 가족이라고."

유리는 그 말을 듣고 울었지만, 재이는 울지 않았다. 아저씨의 표정이 일그러졌던 것도 잊지 않았다. 재이는 그동안 유리와 재이에게 보여 주었던 스마일 아저씨의 인자한 미소는 가짜였다고 생각했다. 그날 이후 '가족'이라는 단어는 가시가 되어 가슴 깊이 박혔다. 재이는 아저씨도, 아저씨의 딸도 모른 척했다. 그리고 기억에서 지워 버렸다. 초코를 데리고 점점 멀어지는 아저씨의 뒷모습을 보며 재이는 고개를 돌렸다.

"저 아저씨, 유리한테 참 관심이 많아. 학원에 음료수 배달도 자주 오는데, 그런 날 유리랑 마주쳤더라면 사고가 안 났을 수도 있지 않을까, 그런 생각도 들고. 어쨌든 유리가 아저씨를 잘 따랐으니까."

"아저씨가 학원에 자주 간다고?"

재이가 놀라며 물었다.

"응. 학원 휴게실에 있는 음료수 자판기도 아저씨가 관리하거든. 고스 리테일 거라서. 사실 내가 둘이 휴게실에서 딱 붙어 앉아서 얘기하는 걸 몇 번 본 적이 있어. 그래서 둘이 친하구나 생각했지."

　"딱 붙어 앉았다고?"

　희수의 말에 재이가 눈살을 찌푸렸다.

　"유리가 뭘 잘못하고 있다고 의심하는 건 아니야. 그냥 내 눈에 좀…… 그렇게 보였다는 거지."

　"어떤 면이 그렇게 보였다는 건데? 자세히 말해 봐."

　"유리는 시무룩해 있고, 아저씨가 등을 쓸어 주는 모습이나……. 그냥 말로 하면 되는데 굳이 터치를 하니까……. 아니다, 내가 괜한 말을 한 것 같아. 우리 얼른 집에 가서 유리가 만든 집이나 찾아 보자."

　희수가 말끝을 흐렸다. 희수의 말을 그대로 받아들이는 건 아니지만 어쩐지 마음 한구석이 찜찜했다.

　기숙사로 돌아온 재이는 책상에 앉아 브레인 링크 상자를 열었다. 유리를 찾아야 한다는 생각 때문인지 브레인 링크가 괜히 낯설게 느껴졌다. 재이는 숨을 들이마신 후 브레인 링크를 관자놀이에 붙였다.

네오스피어 메인 광장에 도착한 재이는 약속한 벤치에 앉아 희수를 기다리며 네오스피어 지도를 살폈다.

"오네트, 누구 기다리는 거야?"

희수가 아닌 릴제의 등장에 재이가 벤치에서 일어섰다.

"어, 릴제."

"너 오랜만에 접속했길래 와 봤어. 어딜 가려고 지도를 그렇게 열심히 봐?"

릴제의 물음에 잠시 망설이던 재이는 결국 유리 이야기를 털어놓기로 했다. 현실에서 만날 일이 없다고 생각해서인지 릴제에게는 이상하게 무슨 얘기든 마음 편히 털어놓게 되었다.

"사실은……, 동생이 사고를 당해서 지금 병원에 있어. 생명에는 지장이 없는데 깨어나질 못하고 있어."

재이는 릴제에게 의사가 했던 말을 그대로 전해 주었다.

"의식이 없는데도 뇌가 활동을 하고 있다는 말이지?"

릴제가 심각한 표정으로 중얼거렸다.

"자꾸만 동생이 네오스피어에 갇혀 있다는 생각이 들어. 어떻게든 동생이 깨어날 수 있도록 방법을 찾아 보려고 들어왔어."

"마음이 안 좋겠네. 나도 도와줄 테니까 힘내."

릴제가 재이를 위로하는 사이 희수가 나타났다.

"미안, 내가 좀 늦었지."

"괜찮아, 루나. 어서 와."

평소 짧은 머리에 편안한 옷차림을 즐기는 희수는 하나로 높게 올려 묶은 분홍색 머리와 짧은 반바지, 그리고 시원한 민소매 차림이었다. 유쾌하고 시원한 차림새를 보자 자연스레 유리가 떠올랐다. 머리 모양이나 옷 입는 취향이 비슷한 걸 보니 희수와 유리가 친한 이유를 알 것 같았다.

"릴제, 이쪽은 내 친구 루나야."

재이는 릴제와 희수에게 서로를 소개시켜 주었다. 인사를 나눈 후 릴제가 네오스피어 지도를 가리켰다.

"그러니까 동생 집이 여기쯤 있다는 거지?"

"응, 맞아. 정확한 위치는 모르겠지만, 시크릿 가든에서 가까웠어."

재이 대신 희수가 대답했다. 시간이 지날수록 메인 광장은 더 많은 사용자로 북적거렸다.

"고스 리테일 이벤트로 난리네. 인플루언서까지 동원해서 홍보하던데, 돈을 꽤 많이 쓴 것 같더라고. 일단 이동해 볼까?"

릴제의 말을 따라 세 사람은 시크릿 가든으로 이동했다.

"고스 리테일 행사는 시크릿 가든 호수 근처에서 열리고 있어. 오늘 행사 때문에 시크릿 가든 지도에는 정문만 표시되어 있는데, 다른 문도 있거든. 그게 어디에 있었는지 기억이 잘 안 나. 찾으려면 시간이 걸릴 것 같은데, 나누어서 찾는 게 어때? 난 호수 아래쪽을 돌아볼게."

릴제의 제안에 재이가 고개를 끄덕였다.

"그럼 나랑 루나는 호수 위쪽으로 갈게."

재이는 릴제와 헤어진 후 희수와 호수 왼쪽 길로 들어섰다.

"뭔가 튀어나올 것처럼 으스스하다. 가상 공간인 걸 아는데도 너무 현실 같아."

희수가 주위를 두리번거렸다.

"겁먹지 마. 가상 세계일 뿐이야."

태연한 척 말했지만 사실 재이도 두렵기는 마찬가지였다. 끝없이 이어지는 숲을 걸으며 지쳐 갈 때쯤 희수가 회백색 나무들 사이를 가리켰다.

"저기, 표지판이 있어!"

희수 말대로 키 큰 풀숲 사이에 희미한 홀로그램 표지판이 있었다.

시크릿 가든 미로 숲으로 입장하시겠습니까?

"미로 숲? 괜히 들어갔다가 못 빠져나오는 거 아니야?"

"설마……. 미로 숲 너머에 문이 있을지도 모르고, 다른 길도 없는데 그냥 가 보자."

얼굴에 걱정이 한가득 담긴 희수에게 재이가 대답했다.

"그래, 미로 숲이든 귀신의 집이든 유리를 위해서라면 해야지."

재이는 희수가 든든한 한편, 이런 친구를 둔 유리가 부러웠다.

미로 숲으로 들어서자 벽처럼 높게 솟은 나무들이 촘촘하게 이어져 있었다. 바닥에 가득한 이끼와 풀은 카펫처럼 폭신했지만 빠르게 걷기에는 불편했다. 재이가 하늘을 올려다보았다. 수많은 나뭇가지와 잎이 하늘을 가려

빛이 바닥까지 닿지 못했다. 덕분에 미로 숲은 해가 지기 바로 전처럼 사방이 어둑했다. 축축한 흙냄새와 묘하게 서늘한 기운에 저절로 소름이 돋았다.

"여기서 빠져나갈 수 있을까……."

겁에 질린 희수가 사방을 두리번거리며 재이의 뒤를 따랐다.

재이는 끝이 보이지 않는 길에 점점 답답함을 느꼈다. 좁은 길을 따라 걷다 보면 막다른 곳에 다다르기 일쑤였고, 새로 난 길이라고 생각하며 가 보면 이미 지나온 길이었다.

"또 제자리네."

희수가 허탈한 표정으로 투덜거렸다. 시간을 확인해 보니 벌써 한 시간째 같은 자리만 맴돌고 있었다. 몸도 마음도 지쳐 갔다. 재이가 한숨을 내쉬는데 마침 릴제에게 음성 채팅이 걸려 왔다.

"내가 발견한 문은 메인 광장으로 연결되는 것 같아. 너희 쪽은 어때?"

"문은커녕 미로 숲에 갇힌 것 같아. 더 있고 싶어도 루나 학원 때문에 네오스피어에서 나가야 한대."

재이가 길게 한숨을 내쉬었다.

"앗, 나도 학원 때문에 나가야 할 것 같아. 오늘은 여기까지 하고 내일 다시 모이는 게 어때?"

"어쩔 수 없지. 그렇게 하자."

친구들을 계속 붙잡아 둘 수는 없었다.

잠시 후, 미안하다는 말과 함께 희수가 먼저 네오스피어를 떠났고, 곧이어 릴제도 접속을 끊었다. 재이는 홀로 미로 숲에 남겨졌다.

너무 걱정 말고, 내일 다시 찾아 보자. 먼저 나와서 미안.

스마트 링에 릴제의 메시지가 떴다. 비록 얼굴 한 번 본 적 없는 온라인 친구였지만 릴제의 따뜻한 마음이 고스란히 전해졌다.

'현실에도 릴제 같은 친구가 있으면 좋을 텐데……'

하지만 재이는 곧바로 고개를 저었다. 릴제가 재이의 진짜 모습을 알게 된다면 실망할 게 뻔했다. 헛된 희망은 처음부터 품지 말아야 했다. 기대가 실망과 상처로 바뀐 경험은 이미 충분했다. 더는 실망하고 상처받기 싫었다.

출구를 찾아야 한다는 목적이 사라지자 마음에 조금의 여유가 생겼다. 시원한 바람이 불었다. 재이는 조금 더 미로 숲을 걷기로 했다. 숲길을 천천히 걸으며 유리를 생각했다.

'유리가 정말 네오스피어에 갇힌 거라면, 이 넓은 가상 공간 어디쯤 있는 걸까.'

"유리야!"

재이는 유리의 이름을 한번 외쳐 보았다. 입 밖으로 나온 유리의 이름은 어쩐지 낯설게 느껴졌다.

"재이야."

빽빽한 나무 사이로 어떤 목소리가 들렸다. 재이의 등줄기로 소름이 돋았다. 잘못 들은 건가 싶었지만 유리가 분명했다. 재이의 심장이 빠르게 뛰었다. 다시 한번 귀를 기울였지만 바람에 흔들리는 나뭇잎 소리뿐이었다. 순간 다시 유리의 목소리가 들렸다.

"재이야!"

이번에는 또렷했다.

"유리야!"

재이는 목소리가 들린 방향으로 뛰었다. 길이 끝나는

모퉁이에 가까워지자 웬 남자의 목소리가 유리의 목소리와 섞여 들려왔다. 어떤 이유인지 모르겠지만 의사의 말대로 유리의 의식이 네오스피어에 갇혀 있는 게 확실했다.

모퉁이를 돌아선 순간 바닥에 쓰러진 유리가 눈에 들어왔다. 유리를 내려다보고 서 있는 남자는, 레오였다. 새이는 허공을 휘저어 인터페이스를 불러낸 뒤 원형의 메뉴 창을 스크롤했다. 그리고 빠르게 여러 아이콘을 넘겨 무기가 저장된 탭에서 블래스터를 꺼냈다.

"유리한테서 떨어져! 안 그러면 쏠 거야!"

재이의 날 선 목소리에 레오가 고개를 돌렸다. 레오의 눈빛이 잠시 흔들리더니 피식 웃음을 터뜨렸다.

"어, 그때 그 초대받지 않은 손님이네? 남의 일에 나서는 게 취미야? 지난번처럼 나서지 말고 그냥 가던 길이나 가. 그건 NPC 상대로 쓰는 거지, 사용자한테 쏘는 게 아니라는 건 알고 있지?"

레오는 재이를 보며 비웃었다. 재이는 방아쇠에 손가락을 얹었다. 블래스터 끝이 초록빛으로 점등되며 위협적으로 빛났다.

"자, 잠깐만! 정말 쏘겠다는 거야? 너도 얘만큼 제정신이 아니구나."

레오가 유리를 가리키며 말하고는 천천히 몸을 돌려 재이에게 한 발짝 다가섰다. 그때 유리가 힘겹게 몸을 일으켰다. 재이는 총구를 여전히 레오에게 겨눈 채 한 손으로 유리의 팔을 부축했다.

"한 발짝 더 움직이면 정말 쏠 거야!"

레오의 얼굴에 당황한 기색이 서렸다.

"진정해! 이러다 현실에서까지 문제 생길 수도 있다고."

레오가 당황한 모습을 보자 재이는 오히려 마음이 차분하게 가라앉았다.

"잘됐네. 내 동생 옆에 같이 누우면 되겠다."

"동생?"

레오의 눈이 휘둥그레졌다. 그러나 곧바로 상황을 눈치챈 듯 레오는 재빨리 재이를 향해 달려들었다. 레오를 피하려다 넘어진 재이는 손에 쥐고 있던 블래스터를 놓치고 말았다. 레오가 블래스터를 주우려 허리를 숙이는 찰나 유리가 빠르게 발을 뻗어 블래스터를 차 버렸다. 블래스터는 저만치 앞으로 날아갔다.

"젠장!"

레오가 블래스터를 향해 달려가려 하자 재이가 다리를 붙잡았다. 레오는 중심을 잃고 바닥으로 넘어졌다. 그사이 유리가 달려가 블래스터를 집어 들었다. 이번에는 유리가 레오를 향해 블래스터를 겨누었다.

　"너, 미쳤어? 당장 내려놔!"

　레오가 유리를 보며 소리쳤다.

　"유리야, 빨리 쏴 버려!"

　재이가 소리쳤다. 유리가 블래스터를 든 채 혼잣말처럼 중얼거렸다.

　"사이킬 알지? 사람들이 게임 안에서 나올 수 없을 때 마지막으로 택하는 방법. 그 방법으로 깨어날 수도 있어."

　유리는 레오를 쏘아보며 블래스터의 총구를 자신의 머리로 가져갔다.

　"유리야, 안 돼."

　재이의 목소리가 심하게 떨렸다.

　"난 꼭 깨어날 거야. 그래서 레오, 네가 무슨 짓을 했는지 알아낼 거야."

　유리가 레오를 똑바로 쳐다보며 말했다. 재이가 비명을 지르며 달려드는 동시에 유리가 방아쇠를 당겼다.

타앙!

블래스터에서 쏟아져 나온 강렬한 빛줄기가 유리의 몸을 감쌌다.

"안 돼!"

재이의 목소리는 블래스터의 굉음에 묻혔고, 유리의 아바타는 흔적도 없이 사라졌다. 멍하니 서 있던 레오는 황급히 브레인 링크를 해제하고 모습을 감추었다. 혼자 남은 재이는 바람에 흔들리는 나무들을 바라보며 얼어붙은 듯 서 있었다.

제후

네오스피어에서 나온 재이는 의자에서 벌떡 일어났다. 블래스터를 그놈에게 쏘았어야 했는데……. 유리가 그렇게 어이없는 선택을 할 줄은 몰랐다. 유리의 상태가 걱정되었다. 재이는 병원으로 가기 위해 기숙사를 나섰다.

"재이야!"

기숙사 앞에 제후가 서 있었다. 꼭 재이를 기다리고 있던 것처럼 보였다. 재이는 자꾸 마주치는 제후가 불편하면서도 어쩐지 반가웠다.

"여기는 어쩐 일이야?"

재이는 복잡한 감정을 숨기고 제후를 올려다보았다.

"너한테 할 얘기가 있어서 왔어."

제후와는 특별히 할 이야기가 없었다. 제후가 재이를

찾아올 일이라면 유리와 관련된 것뿐이었다. 혹시 나쁜 소식을 가지고 왔을지도 모른다는 생각이 스쳤다. 그러자 반가운 마음은 자취를 감추고 심장이 철렁 내려앉았다.

"뭔데?"

"유리한테 가는 거지? 가면서 얘기할게. 같이 가자."

재이는 속으로 안도의 한숨을 내쉬었다. 그러면서도 제후가 유리 때문에 온 것이 분명해졌다는 생각에 허탈감이 느껴졌다. 그때 재이의 스마트 링이 울렸다. 재이가 전화를 받자 병원에서 유리가 깨어났다는 소식을 전했다.

"유리가요?"

놀란 재이가 걸음을 재촉하자 제후가 재이 뒤를 쫓아오며 말했다.

"다행이다, 그렇지?"

빠르게 걷던 재이가 걸음을 멈췄다. 하늘은 온통 오렌지빛으로 물들어 있었다.

"왜?"

갑자기 멈춘 재이가 의아하다는 듯 제후가 물었다. 재이의 눈에, 노을빛이 드리운 제후의 얼굴이 이상하게도 릴제의 얼굴과 겹쳐 보였다.

'이 상황에서 왜 릴제가 떠오르는 거야.'

그때 제후가 조심스러운 목소리로 말을 꺼냈다.

"저기, 할 얘기가 뭐였냐면……, 놀라지 말고 들어. 사실 나, 네오스피어 닉네임이 릴제야."

재이는 귀를 의심했다. 제후 입에서 나온 '릴제'라는 이름에 머리가 멍해졌다.

"네가 릴제를 어떻게 알아?"

"내가…… 네오스피어의 릴제라고. 미안해. 일부러 속이려던 건 아니었어."

제후는 똑바로 재이를 바라보았다.

"나는 지금 네가 무슨 말을 하고 있는지 이해가 안 돼."

재이는 황당한 표정으로 제후를 쳐다보았다. 제후가 조심스레 말을 이었다.

"사실 너랑 친해지고 싶었어. 그런데 넌 늘 기숙사에만 있잖아. 친해질 기회가 없더라고. 그러다가 네오스피어에서 널 찾았어. 처음부터 나라고 말하면 네가 나를 무시할 것 같았어. 그래서 '리얼 제후'를 줄여서 릴제라는 닉네임을 쓴 거야. 나쁜 의도로 그런 건 아니었어."

제후의 말이 맞았다. 만약 처음부터 릴제가 제후라는

걸 알았다면 재이는 결코 마음을 열지 않았을 것이다. 현실에서도 만나고 싶던 릴제가 눈앞에 있었지만 재이는 어떻게 반응해야 할지 몰라 혼란스러웠다. 그동안 제후가 자기 앞에서 다른 사람인 척 연기하고 있었다는 생각에 배신감이 스며들었다. 재이는 한숨을 내쉬고 조용히 말했다.

"미안하지만, 지금은 너랑 같이 있고 싶지 않아. 나중에 다시 얘기하자."

돌아서는 재이를 제후가 다급하게 불렀다.

"재이야, 잠깐만!"

하지만 재이는 못 들은 척 뛰었다.

'지금은 유리만 생각하자.'

재이는 병원으로 달리며 유리와 관련 없는 일은 모두 뒤로 미뤄 두자고 다짐했다.

병원에 도착하자 어느새 정문 앞에 제후가 먼저 와서 있었다. 그냥 지나치려는데 제후가 재이와 걸음을 맞췄다.

"재이야, 정말 너를 속이려던 건 아니야. 너랑 친해지고 싶었어. 용기가 부족해서 잘못된 방법으로 다가간 것 같아. 진심으로 사과할게."

제후의 목소리엔 진심이 담겨 있었다. 하지만 재이는 쉽게 마음이 풀리지 않았다.

"이제 나 안 볼 거야?"

제후의 눈빛에 네오스피어에서 자신에게 진심으로 다가왔던 릴제의 모습이 겹쳤다.

"릴제가 너라고 하니까……, 놀라서 그래. 생각할 시간이 좀 필요해."

제후는 고개를 숙이며 말했다.

"미안하다. 나를 용서하지 않아도 괜찮아. 하지만 네게 어떻게든 도움이 되고 싶어. 진심이야."

도움이 되고 싶다는 제후의 말에 재이의 마음이 흔들렸다. 제후가 다른 사람 행세를 한 것은 분명 잘못된 일이었지만 제후의 의도가 악의적이지 않았다는 사실을 재이는 누구보다도 잘 알고 있었다.

"그래. 알았어. 같이 들어가자."

"고맙다."

제후는 낮게 한숨을 내쉬며 재이를 따라 걸음을 옮

겼다.

　병원 로비에는 차갑고 서늘한 공기가 가득했다. 재이는 방문객 인식기에 유리의 이름을 입력했다.

　"중환자실에서 일반실로 옮겼네."

　모니터를 확인한 재이의 목소리가 한층 밝아졌다.

　"오, 다행이다. 저기, 엘리베이터 왔어."

　두 사람은 유리가 입원한 병실 앞에 섰다. 잠시 숨을 고른 재이가 천천히 문을 열었다. 규칙적인 기계음에 저절로 긴장이 되었다. 침대에 누워 있는 유리가 보였다.

　"유리야……."

　재이의 떨리는 목소리에 유리가 천천히 고개를 돌렸다.

　"왔어?"

　유리가 희미하게 웃었다.

　"다행이다. 다들 걱정 많이 했어."

　제후가 조용히 말을 건넸다.

　"고마워. 나 정신이 들자마자 제일 먼저 하고 싶은 말이 있었어."

　유리가 힘없이 중얼거렸다.

　"하고 싶은 말?"

재이가 유리를 보며 물었다.

"나, 사고 나던 날 레오랑 있었어."

"네오스피어의 그 레오 말이야? 그게 무슨 말이야?"

재이가 어리둥절한 표정으로 되물었다. 재이는 혹시 유리가 가상 세계와 현실을 혼동하는 게 아닐까 걱정되었다.

"쇄골 아래에 있는 타투가 똑같았거든."

"타투?"

제후가 재이와 유리를 번갈아 보았다.

"나 혼자 건물에서 떨어진 게 아니야. 그 남자가 나를 밀었어."

유리 말에 재이의 눈이 커졌다.

"그 남자도 레오처럼 쇄골 아래에 'Lov'라는 타투가 있었어. 어떻게 학원까지 날 쫓아왔는지는 모르겠지만 분명 레오였어."

"혹시…… 아는 사람이었어?"

제후가 조심스럽게 물었다.

"얼굴은 기억이 안 나. 하지만 타투는 확실히 기억해."

낯빛이 어두워진 유리가 대답했다.

타투라는 말에 재이는 공원에서 마주쳤던 스마일 아저씨를 떠올렸다. 아저씨의 옷이 바람에 펄럭일 때 보았던 검은 자국이 마음에 걸렸다. 타투인지 상처인지 확실하지 않지만 희수가 아저씨를 의심하던 말까지 더해져 꺼림칙한 생각이 들었다.

"그런데 그 남자가 학원까지 왜 찾아온 거야? 넌 레오를 어떻게 알게 된 거고?"

재이가 물었다.

"왜 왔는지는 모르겠지만, 레오를 어떻게 만나게 되었는지는 기억나."

유리가 나직하게 한숨을 쉬더니 말을 이었다.

"언니한테는 뭐라고 해 놓고, 그동안 학원 수업 핑계로 나도 모르게 네오스피어에 빠져들었어. 수업이랑 상관없이 네오스피어에 꿈꾸던 집을 만들고 나니까 욕심이 생기더라고. 집을 더 멋지고 예쁘게 꾸미고 싶었거든. 언니도 알겠지만 그러다 보니까 루니가 점점 더 많이 필요했어. 어떻게 하면 루니를 모을 수 있을까 하던 차에 레오를 만났어."

"레오가 먼저 너한테 접근한 거야?"

재이의 질문에 유리가 고개를 끄덕였다. 짧은 침묵이

흐르고 유리가 다시 입을 열었다.

"처음엔 정말 순수하게 날 도와주려는 사람인 줄 알았어. 그런데 그게 아니었던 것 같아. 중간에 무슨 일이 있었는지는 기억이 나지 않아. 그런데 언니랑 같이 미로 숲에서 만난 레오는 날 도와주려던 레오랑 완전히 다른 사람이었어. 나한테 원본 파일 때문에 온 거 아니냐고 하더라고."

"원본 파일?"

재이가 놀란 얼굴로 되물었다.

"응. 그런데 나도 그게 뭔지 몰라. 레오가 나쁜 사람 같아서 도망쳤어. 그러다 미로 숲까지 가게 됐고, 그때 언니랑 만난 거야."

"원본 파일이라는 게 대체 뭘까?"

제후가 심각한 표정으로 고개를 갸웃했다.

"잘 모르겠어. 그런데 레오는 내가 그걸 훔치려고 그집에 다시 왔다고 생각하는 것 같았어."

"혼자서 말도 못 하고 힘들었겠다. 원본 파일은 안 좋은 일과 연관돼 있을 가능성이 커 보여. 그게 뭔지는 지금부터 알아보자."

재이가 레오의 날카로운 눈빛을 떠올리며 말했다.

"우리도 힘을 보탤게."

제후가 말하고는 한쪽 주먹을 쥐어 보였다. 그 모습은 네오스피어에서 릴제가 자주 하던 행동이었다.

"부탁이 있는데, 내 스마트 링 좀 찾아 줘. 그날 몸싸움을 하다가 휴게실에 떨어뜨린 것 같아. 혹시 레오가 가져갔을까 봐 불안해."

"안 그래도 경찰이 수사에 참고한다고 묻더라. 경찰이 못 찾은 걸지도 모르니까, 내가 지금 학원으로 가서 찾아볼게."

재이가 유리를 안심시키며 말했다.

"나도 같이 갈게."

제후도 얼른 말을 덧붙였다.

병원을 나와 제후와 학원 쪽으로 걷던 재이의 눈에 편의점이 보였다.

"편의점 사장님은 어떤 사람이야?"

"고스 리테일 편의점? 애들한테 서비스도 잘 챙겨 주고 엄청 친절하시지. 갑자기 왜?"

제후가 의아한 듯 재이를 보았다.

"유리가 말한 타투 있잖아. 편의점 아저씨도 비슷한 곳에 뭔가 있었거든. 그게 타투인지 뭔지 확실하지 않아서 말은 안 했는데 왠지 자꾸 꺼림칙해."

재이의 말에 제후가 걸음을 멈추었다.

"그럼 아까 유리한테 물어보지 그랬어. 편의점 사장님이랑 유리가 친하다고 알고 있는데, 유리라면 알고 있을지도 모르잖아."

"유리가 아빠처럼 믿는 사람인데 어떻게 대놓고 물어보겠어. 그리고 알았다면 먼저 얘기했겠지. 유리 사고 날, 편의점 아저씨가 학원으로 배달을 갔었대. 그런데 경찰 말이 아저씨는 유리가 건물에서 떨어지기 전에 나간 게 확인돼서 수사선상에선 제외되었다고 하더라고."

"충분히 오해의 여지가 있는 상황이긴 하네. 일단 학원에서 스마트 링부터 찾아 보고 생각하자."

제후의 말처럼 지금 가장 중요한 건 스마트 링을 찾는 일이었다.

학원에 무사히 들어온 두 사람은 엘리베이터를 타고 휴게실이 있는 5층에서 내렸다. 불 꺼진 복도는 사람의 발길이 끊긴 듯 적막했다.

"교무실에 태오 쌤 계실지도 몰라."

재이가 의아한 표정을 짓자 제후가 말을 덧붙였다.

"아, 우리 학원 선생님. 일중독이라 거의 매일 야근하시거든. 마침 자료 받을 게 있었는데. 좀 이따 잠깐 들러야겠어."

제후가 중얼거리며 어둑한 복도를 걸어갔다.

휴게실로 들어서자 둥근 테이블 세 개와 오른쪽 벽에 설치된 자판기가 보였다. 베란다 문에는 '출입 금지'라는 푯말이 걸려 있었다. 천장을 올려다보니 망가진 CCTV가 그대로 붙어 있었다. 두 사람은 휴게실 안을 살피며 스마트 링이 떨어져 있을 만한 곳을 찾기 시작했다.

"휴게실에는 없는 것 같은데. 정말 레오가 가져간 건가?"

재이가 불안한 목소리로 중얼거리는데 제후가 소리쳤다.

"재이야, 여기 뭐가 있어!"

제후가 자판기와 벽 사이에서 무언가를 꺼내 들었다.

"이거, 유리 거 맞지?"

제후의 손에 먼지가 잔뜩 묻은 스마트 링이 들려 있었다. 스마트 링에 매달린 우유병 모양 열쇠고리가 달랑거렸다.

"고마워, 유리 거 맞아."

재이는 스마트 링을 살펴보았다. 겉으로 보기엔 수상하거나 특별한 점은 없었다.

"찾아서 다행이다. 재이야, 교무실에 잠깐 들렀다 가자."

두 사람은 휴게실을 빠져나와 교무실로 향했다.

수조

"태오 쌤 안 계시네. 자료는 못 가져가겠다."

제후가 한숨을 쉬며 교무실 안을 둘러보았다.

"제후야, 이것 좀 봐."

재이가 바닥에 비친 묘한 무늬를 가리키며 벽을 보았다. 벽면에 설치된 대형 모니터는 실제 수조 같았다. 수조 속 열대어들이 유유히 헤엄치는 모습은 진짜처럼 생생했다.

"저건 태오 쌤이 수업 준비할 때 사용하는 모니터야. 대기 모드일 때는 이런 화면이 떠. 꼭 진짜 같지?"

"와, 신기하다."

제후 말처럼 자연스러운 열대어의 움직임이나 물의 질감은 실물과 다름없어 보였다. 재이는 바닥에 비친 무늬를 가만히 들여다보았다. 모니터 속 수조에서 반사된 빛이 물결처럼 일렁이며 바닥에 복잡한 무늬를 만들어 내고 있었다.

"제후야, 무늬 좀 봐. 무슨 글씨 같기도 하고, 좀 묘하다."

"그러게. 어디서 많이 본 것 같으면서도 낯설기도 하고, 암튼 그러네."

제후가 턱을 문지르며 빛의 움직임을 유심히 살폈다. 그때 교무실 문이 열리더니 편의점 사장이 고개를 내밀었다.

"너희 여기서 뭐 하니?"

"안녕하세요. 선생님께 받을 게 있어서 왔는데 안 계시네요. 사장님은 어쩐 일이세요?"

제후가 사장을 보며 물었다.

"난 자판기에 음료수 채우러 왔다가 윤태오 선생님 계시면 인사나 드리려고 들렀지. 그런데 재이야, 유리 깨어났다면서? 좀 어떠니?"

어디서 들었는지 아저씨는 이미 유리의 소식을 알고 있었다.

"네, 괜찮아요."

"걱정했었는데 정말 다행이다."

아저씨는 안도한 표정으로 웃었다. 재이는 이 시간에

휴게실에 들른 아저씨가 혹시 스마트 링을 찾으러 온 건 아닌지 의심스러웠다. 유리가 말한 타투가 아저씨에게 있을까 궁금했다.

"난 편의점을 비워 두고 와서 얼른 가 봐야 하는데, 너희는 계속 있을 거니?"

"아니에요, 이제 막 나가려던 참이었어요."

"저도 병원에 들러 봐야 해요."

제후 말이 끝나자마자 재이도 얼른 덧붙였다. 세 사람은 엘리베이터를 타고 1층으로 내려왔다. 재이는 혹시나 타투를 볼 수 있지 않을까 기회를 노렸지만 셔츠 위에 덧입은 조끼에 가려 확인할 수가 없었다.

학원 정문 앞에서 아저씨가 재이를 보며 말했다.

"병원 가거든 유리한테 안부 좀 전해 줄래?"

"네, 그럴게요."

재이는 고개를 끄덕였다. 아저씨는 예의 그 인자한 미소를 지어 보이고는 편의점 쪽으로 걸어갔다. 재이는 문득 다시금 궁금했다. 어려서부터 봐 온 아저씨의 미소가 진심인지 아닌지. 어쩌면 이제야 진짜 답을 알아낼 기회가 온 걸지도 몰랐다.

"재이야, 무슨 생각을 그렇게 해? 필요하면 언제든지 부르라고. 여기에서든 네오스피어에서든."

제후가 재이를 보며 말했다.

"응, 오늘 고마웠어. 연락할게."

재이는 제후의 진심이 담긴 눈빛을 보며 발걸음을 돌렸다.

병실 문을 열자, 유리와 얘기를 나누던 희수가 뒤를 돌아보며 손을 흔들었다.

"재이야, 유리 다음 주면 퇴원해도 된대."

희수가 환하게 웃었다.

"나, 이제부터는 퇴원하고 외래로 다니면 된대. 그런데…… 기억이 완전히 돌아오지 않아서 좀 불안해."

유리가 힘없는 목소리로 덧붙였다.

"너무 걱정하지 마. 의사 선생님이 기억은 차츰 돌아올 거라고 했잖아. 아, 스마트 링 찾았어."

재이가 건넨 스마트 링을 보며 유리의 얼굴에 안도감이 스쳤다. 그러나 스마트 링을 살피던 유리는 곧 실망한 기색을 보였다.

"기억할 만한 게 아무것도 없네. 내가 지운 걸까?"

"그건 모르지. 일단은 레오가 말한 원본 파일이 뭔지, 그게 너랑 무슨 관련이 있는지 알아내야지."

유리가 고개를 끄덕였다.

"참, 유리야. 브레인 링크도 없이 어떻게 네오스피어에 접속한 거야?"

희수가 고개를 갸웃하며 물었다.

"모르겠어. 링크 해제도 안 되고, 어쩔 수 없이 블래스터로 내 머리를 쏘고 나온 거야."

"사이킬을 했다고?"

담담하게 말하는 유리의 말에 희수가 믿을 수 없다는 표정으로 물었다.

"아무리 생각해 봐도 깨어날 방법은 그거밖에 없었어."

"잘못하면 죽을 수도 있는데, 레오 그 나쁜 놈이 얼마나 너를 극한으로 몰았으면 그 방법을 썼겠어."

희수가 유리의 손을 잡았다.

"비겁하게 아바타 뒤에 숨어서 인플루언서라는 배경을 이용해 못된 짓을 한 거지. 사실 나도 레오랑 마주친 적이 있어."

재이가 비밀의 방에서 함께 빠져나온 앨리스를 떠올리며 말했다.

"레오를 만났다고?"

유리가 동그래진 눈으로 재이를 보았다.

재이는 고스트 하우스에서 레오를 만났던 이야기를 들려주었다. 그때 레오가 앨리스에게 나쁜 짓을 하려다 자신의 등장으로 흐지부지된 거라는 생각이 뒤늦게 들었다.

"빨리 잡지 않으면 피해자가 더 늘어날지도 몰라."

재이의 말에 유리가 고개를 끄덕였다.

"그런데 어떻게 잡지? 실제 얼굴도 모르는 데다 레오는 인플루언서잖아. 무슨 짓을 했는지도 확실치가 않고."

희수가 재이와 유리를 번갈아 보며 물었다.

"그러니까 네오스피어에서 접근하는 게 쉬울 수도 있어. 다 같이 힘을 합하면 할 수 있어."

"너는 안 돼. 그러다 또 쓰러지면 어쩌려고 그래."

유리의 말을 듣자마자 희수가 목소리를 높였다.

"직접 뛰는 것도 아니고 괜찮아. 아직 기억이 완전히 돌아온 건 아니지만 그래도 여기선 내가 레오를 가장 잘 알고 있잖아. 그리고 무엇보다 혼자가 아니니까."

유리가 밝은 얼굴로 대답했다.

"정말 괜찮겠어?"

희수가 다시 한번 유리에게 물었다.

"그 집에서 도망쳐 나올 때는 두 번 다시 네오스피어
는 쳐다보지도 않겠다고 다짐했는데, 생각이 달라졌어.
참, 제후가 네오스피어에 대해 잘 아니까 도움을 청하는
게 어때?"

"알았어. 내가 부탁할게. 그럼 다 같이 네오스피어에서
만나자. 난 여기서 유리랑 같이 접속할게."

재이의 말에 희수가 고개를 끄덕이고는 병실을 나섰다.

재이는 오랜만에 홀가분한 기분이 들었다. 지금까지
느껴 왔던 긴장감과는 다른, 날것 그대로의 긴장이 재이
를 흥분시켰다. 오랜만에 뭔가를 해낼 수 있을 것 같은 강
한 의지가 마음속 깊은 곳에서 차올랐다.

재이는 보호자용 침대에 누웠다.

"준비됐어?"

재이의 말에 유리가 고개를 끄덕였다. 오랜만에 유리
와 눈을 맞춘 재이는 가슴 한편이 뭉클하면서도 설명할
수 없는 감정이 몰려들었다.

"메인 광장에서 만나."

유리 말에 이번에는 재이가 고개를 끄덕이며 네오스피어에 접속했다.

메인 광장에서 희수와 제후가 두 사람을 기다리고 있었다.

"내가 비밀 코드를 넣은 지도를 공유할게."

유리는 세 사람에게 곧바로 자신의 집 위치를 전송했다.

유리가 만든 집 앞에 선 재이는 깜짝 놀랐다. 파란 대문과 흰 울타리를 감고 있는 초록 넝쿨, 빨간 장미를 보자 어렴풋이 기억에 남아 있는 스마일 아저씨의 집이 떠올랐다. 대문 안으로 들어서자 묘한 기분이 들었다. 마당 한편에는 흰빛과 분홍빛이 어우러진 은방울꽃이 한가득 피어있었다.

"유리 닉네임이 뮤게인 이유가 있었구나."

희수가 유리를 보며 말했다.

"은방울꽃이 예쁘기도 하지만 꽃말이 좋아."

"꽃말은 뭔데?"

은방울꽃을 만지고 있는 유리에게 재이가 물었다.

"다시 찾은 행복."

유리 말을 듣고 재이는 마당을 둘러보았다. 왠지 모르게 마음 한구석이 따스해졌다. 유리가 이 공간을 어떤 마음으로 꾸몄는지 어렴풋이 알 것 같았다.

현관문을 열고 들어서자 넓은 거실이 모습을 드러냈다. 베이지색 소파가 중앙에 놓여 있었지만, 테이블이나 액자 같은 소품이 없어 왠지 휑한 느낌이었다.

"루니가 부족해서 별건 없어."

유리가 변명하듯 말했다.

"오, 2층도 있네! 구경해도 되지?"

제후가 거실 끝에 있는 계단 쪽으로 걸어갔다. 재이는 제후를 따라 계단을 올랐다. 창밖으로 마당의 은방울꽃 화단이 보였다.

"이 방은 아무것도 없네."

제후가 거실 오른쪽 방을 들여다보며 중얼거렸다.

"거긴 재이 방이야."

언제 올라왔는지, 유리가 재이 뒤에 서 있었다.

"내 방이라고?"

재이가 놀라며 물었다.

방을 들여다본 재이는 마음 한구석이 저릿했다. 지금

까지 서로 남처럼 지내 왔는데도 특별한 공간에 재이의 방을 따로 만들었다는 사실에 가슴이 뭉클했다. 아무것도 없는 텅 빈 방이었지만 재이는 방 안이 따뜻한 무언가로 가득 차 있는 것처럼 느껴졌다.

"유리야, 이거 나도 갖고 싶었던 건데!"

맞은편 방에서 희수의 목소리가 들려왔다.

재이는 유리와 함께 맞은편 방으로 들어갔다. 유리의 방은 마치 기숙사 방을 그대로 옮겨 놓은 것처럼 보였다.

"기숙사 방이랑 똑같네. 이 거대한 옷장만 빼고."

희수가 벽면을 가득 메운 커다란 옷장 문을 열며 감탄했다.

활짝 열린 옷장 안에는 형형색색의 티셔츠, 반바지, 원피스 등 재이가 입어 볼 생각조차 하지 않은 옷들로 가득했다. 화려한 액세서리 역시 재이와는 거리가 먼 것들이었다. 옷장을 뒤로하고 재이는 책상으로 눈길을 돌렸다. 책상 위에 놓인 액자에는 어린 재이와 유리가 스마일 아저씨의 딸과 함께 활짝 웃고 있는 사진이 들어 있었다.

"아직도 이 사진을 가지고 있었네."

재이가 사진을 보며 말했다.

"셋 다 웃는 모습이 예쁘잖아."

유리 말처럼 세 아이의 맑고 환한 웃음은 보는 것만으로 미소가 지어졌다. 재이는 자신은 잊고 있던 사진을 소중하게 간직해 온 유리에게 애틋한 마음이 들었다. 가상 공간을 실제 방처럼 세세하게 꾸며 놓은 것도 놀라웠지만 방 안의 물건들을 보니 유리의 마음이 고스란히 느껴졌다. 혼자서 이 공간을 하나하나 꾸미며 자신만의 추억과 안식처를 만들었을 유리를 떠올리자 가슴이 먹먹해졌다. 이 집은 유리에게 단순한 가상 공간 이상의 의미를 지니고 있는 것 같았다.

"어? 클로버 키링! 인기 많아서 품절된 거잖아. 사장님이 또 너만 챙겨 줬구나."

희수가 열쇠고리를 흔들어 보이며 말했다.

"게다가 또 두 개잖아. 하나 나 줘, 응?"

"안 돼. 미안."

유리가 단호하게 대답했다.

"욕심 좀 그만 부려. 하나만 있으면 되지, 왜 매번 두 개씩 사는 거야? 내 친구지만, 진짜 이상해."

희수가 투정 부리듯 말했지만 유리는 조용히 웃기만

했다.

"어? 여기도 수조가 있네. 열대어 키우는 게 요즘 유행이야?"

제후의 말처럼 수조 안에서 열대어들이 조용히 헤엄치고 있었다. 갑자기 유리가 고통스러운 표정을 지으며 침대에 걸터앉았다.

"이게 왜 여기에 있지? 아, 머리가 너무 아파."

재이는 유리를 보며 복잡한 감정에 휩싸였다. 열대어, 사이킬, 그리고 유리가 떠올리려는 기억이 어쩐지 서로 연결되어 있다는 느낌이 들었다. 흩어진 퍼즐 조각을 맞추려면 유리의 기억이 더 필요했다.

"잠깐만!"

갑자기 벌떡 일어난 유리가 수조 쪽으로 급히 다가갔다. 유리가 수조 옆에 있던 작은 버튼을 누르자, 수조 바닥에서 희미한 빛이 깜빡이며 물속으로 빠르게 퍼져 나갔다. 수조 유리에 반사된 빛은 홀로그램처럼 무늬를 만들어 냈다. 열대어들이 움직일 때마다 반사각이 달라지더니 바닥의 둥그런 무늬가 서서히 진해졌다. 원을 채운 푸르스름한 빛이 점점 넓어지며 깊이를 알 수 없는 커다란 구멍으로 변했다.

"이게 뭐야? 바닥에 진짜 구멍이 뚫린 것 같아!"

희수가 한 발짝 물러서며 놀란 눈으로 구멍을 바라봤다.

"잠깐만, 이거…… 포털이잖아."

제후가 당황하며 말했다.

"포털? 그럼 이 구멍이 어디로 통한다는 거야?"

재이가 의아한 눈으로 물었다.

"레오의 집."

유리가 차분한 목소리로 대답했다. 방 안에 묵직한 침묵이 흘렀다.

"뭐라고? 이 구멍이 레오의 집이랑 곧바로 연결된다는 거야?"

적막을 깬 희수의 목소리가 떨렸다. 방 안에는 긴장감이 감돌았다.

"이 포털은 레오의 집 지하 공간으로 연결될 거야. 거기에도 똑같은 수조가 있었어. 그리고 이 구멍도……."

유리의 얼굴이 점점 더 어두워졌다.

재이는 기억하려고 애쓰는 유리를 보며 마음이 아팠다. 유리를 위해서라도 레오를 꼭 찾아야 했다.

"포털로 들어가 볼까?"

제후가 조심스럽게 물었다.

"만약 레오가 집에 있으면 어떻게 해?"

희수가 긴장된 목소리로 제후를 바라보았다.

"혹시 모르니까 내가 먼저 가 보고 메시지 보낼게."

"그건 안 돼. 다 같이……, 유리야!"

재이가 말리려 했지만 유리는 이미 포털 안으로 뛰어
들어 버렸다.

유리가 사라지자 방 안은 얼어붙은 듯 정적이 흘렀다.
1분도 채 지나지 않았지만 유리의 연락을 기다리는 시간
이 한 시간처럼 길고 고통스러웠다. 잠시 후 재이의 스마
트 링이 진동하며 메시지가 도착했다.

아무도 없음.

재이는 안도의 한숨을 내쉬었지만 여전히 심장의 두근
거림은 가라앉지 않았다.

"우리도 가자."

재이가 포털 안으로 발을 내디뎠다.

또 다른 포털

"와, 여기가 레오 집 지하야?"

뿌리가 드러난 채 밑동만 남은 나무를 만지며 제후가 주위를 둘러보았다.

"잘 꾸며 놨네, 나무랑 수조가 이렇게 잘 어울릴지 몰랐어."

희수가 열대어들이 헤엄치는 투명 원통 수조를 보며 중얼거렸다.

"그 수조 밑에 포털이 있어."

유리가 희수를 보며 말했다.

"이 밑에?"

"응, 레오랑 몸싸움을 하다 수조를 깨는 바람에 알게 됐어. 그런데 더 중요한 게 있어."

유리가 구석을 가리키자 모두 그쪽으로 걸음을 옮겼다.

"유리 집에 있는 수조랑 같은 거잖아."

희수가 잘 모르겠다는 표정으로 중얼거렸다.

"잘 봐. 이건 단순한 수조가 아니야."

유리가 차고 있던 스마트 링을 터치하자 놀라운 일이 벌어졌다.

수조 속의 물이 흔들리더니 수면 위로 은은한 빛이 반사되었다. 작은 열대어들이 움직일 때마다 수면 위에 복잡한 패턴들이 춤을 추듯 나타났다. 네 사람은 숨을 죽인 채 수조를 내려다보았다. 잠시 후, 수조의 표면에서 흐릿한 세 글자가 나타났다.

"L······ O······ V?"

재이의 눈이 동그래졌다.

"레오의 타투는 단순한 장식이 아닌 것 같아. 아까 먼저 도착해서 수조를 들여다보는데 스마트 링 화면에 은방울꽃 모양 아이콘이 생겼어. 아이콘을 터치할 때마다 이런 패턴이 나타나더라고."

유리의 얼굴이 긴장으로 가득했다.

"이제 어떻게 하지?"

희수가 손톱을 깨물며 말했다.

"학원 교무실에도 수조가 있었잖아. 정확하게 말하자면 모니터지만."

문득 떠오른 생각을 입 밖에 내자 재이의 심장이 빠르게 뛰었다.

"재이 말이 맞아. 학원에 있던 수조는 네오스피어로 연결되는 일종의 링크인 것 같아."

제후의 눈이 커졌다.

"말도 안 돼. 그럼 레오가……."

희수 말이 끝나기도 전에 제후가 덧붙였다.

"태오 쌤, 아니, 윤태오일 확률이 높다는 거지."

"그럼 스마일 아저씨는……."

재이의 목소리에서 안도감이 느껴졌다.

"너, 아저씨를 의심했었어? 아저씨는 그럴 분이 아니잖아."

유리가 황당한 표정으로 재이를 보았다.

"알아. 나도 그럴 만한 이유가 있었어. 그건 나중에 이야기하자. 지금은 빨리 교무실로 가서 증거를 찾는 게 좋겠어."

재이가 모두를 돌아보며 말했다.

"그래, 일단은 링크 해제하고 학원으로 모이자. 유리야, 우리가 알아서 할 테니까 넌 걱정 말고 병원에 있어."

제후 말에 유리가 불안한 눈빛으로 재이를 보았다.

"그럼 내 스마트 링 가져가."

"그게 좋겠다. 재이가 같이 있으니까 가지고 오면 되겠네. 그럼 좀 이따 만나."

말을 마친 희수가 곧바로 접속을 끊었다. 유리와 제후가 차례로 링크를 해제하는 걸 보며 재이도 네오스피어에서 나왔다.

교무실 문을 열자 희수와 제후가 재이를 보고 자리에서 일어섰다.

"유리 스마트 링 줘 봐."

스마트 링을 건네받은 제후가 윤태오의 책상에서 컴퓨터를 켰다.

"아……."

"왜 그래?"

재이가 심각한 얼굴로 컴퓨터를 들여다보는 제후에게 물었다.

"데이터에 암호가 걸려 있어서 접근할 수가 없어."

"암호? 비밀번호 말하는 거야?"

희수가 제후를 보며 고개를 갸웃했다.

"혹시 은방울꽃이랑 관련 있는 게 아닐까? 수조에 Lov 라는 글자가 있었잖아."

재이가 수조를 떠올리며 말하자 곧바로 제후가 무언가를 입력했다.

"아, Lily of the valley가 맞았어. 이로써 레오가 윤태오라는 게 확실해졌네."

재이가 화를 낼 틈도 없이 암호가 풀린 컴퓨터 화면에 수많은 폴더가 나타났다.

"도대체 이게 다 뭐야."

희수가 팔짱을 끼며 중얼거렸다.

"자료를 볼 수 있는 비밀 코드가 있을 거야."

"재이야, 혹시 저 모니터 수조에 뭔가 있지 않을까? 네오스피어에서도 그랬잖아."

희수 말에 재이가 수조 앞으로 걸음을 옮겼다. 또다시 유리의 스마트 링 화면에 네오스피어에서와 똑같은 은방울꽃 아이콘이 보였다. 아이콘을 터치하자 수조에서 옅은

빛이 흘러나왔다. 열대어들이 이리저리 움직이자 물살이 흔들리며 물의 표면에 희미하게 무늬가 나타났다.

"스마트 링으로 스캔해 봐!"

제후가 소리치며 컴퓨터 앞에 앉았다. 재이가 얼른 스마트 링을 터치했다.

"스캔 모드, 활성화."

짧은 음성과 함께 스마트 링에서 초록색 빛이 뻗어 나왔다. 재이는 스마트 링으로 모니터의 물을 천천히 훑었다. 열대어들이 만들어 내는 무늬가 데이터화되어 스마트 링 화면에 실시간으로 나타났다. 재이는 즉시 스캔 데이터를 컴퓨터로 전송했다.

"됐다!"

긴장된 표정으로 컴퓨터 화면을 바라보던 제후가 외쳤다. 희수와 재이도 곧장 제후에게 달려가 컴퓨터 모니터를 들여다보았다.

"어, 학원 애들 이름이잖아……. 여기 내 이름도 있어."

희수의 말에 재이는 모니터를 더 자세히 보았다. 컴퓨터 화면에 나타난 폴더마다 사람 이름이 적혀 있었다. 제후가 폴더를 열어 보려 했지만 이중 잠금이 되어 있는지 열리지 않았다.

"윤태오, 도대체 무슨 짓을 하고 있는 거야……."

희수가 주먹을 꽉 쥐었다.

"일단 증거 확보했으니까 이제 잡기만 하면 돼."

재이는 덜덜 떨리는 희수의 손을 잡고 말했다. 희수는
말할 수 없이 큰 배신감을 느낀 것 같았다.

제후는 일단 자료를 모조리 내려받았다.

"어, 잠깐만. 레오, 오늘 라이브 방송이 있어."

제후가 '스케줄'이라고 적힌 파일을 클릭하자 날짜별로
정리된 일정표가 보였다.

"좋았어. 얼른 움직이자."

희수가 애써 기운을 차리려는 듯 재빨리 대답했다.

"잠깐. 윤태오가 지금 어디에 있는지 모르지만 네오스
피어에서 방송이 끝나면 언젠가는 교무실로 오겠지? 우
리는 교실에 숨어서 네오스피어에 접속했다가 윤태오가
나타났을 때 잡자. 어때?"

재이가 제후와 희수를 보며 말했다.

"맞아, 일중독처럼 매일 여기서 살았으니 분명 그럴
거야."

제후의 맞장구에 희수가 덧붙였다.

"그 일이 학원 일은 아니었던 것 같지만. 어쨌든 그럼 우리는 지금 교실로 올라가자."

교무실을 나온 세 사람은 7층 교실로 서둘러 올라갔다. 교실로 들어가 자리에 앉은 세 사람은 곧바로 네오스피어에 접속했다.

세 사람이 메인 광장에 도착하자 곧바로 유리도 네오스피어에 접속했다.

"왔네. 어떻게 됐어?"

"레오는 윤태오가 맞아. 자료도 내려받았고."

"잘했네."

말과는 달리 유리의 표정은 어두웠다. 재이가 보기에는 아무래도 원본 파일의 정체가 기억난 눈치였다.

"유리야……."

희수가 유리를 보며 안쓰러운 얼굴을 했다.

"다 생각났어. 원본 파일의 정체도, 건물 밖으로 나를 민 사람의 얼굴도. 윤태오, 꼭 잡아야 해."

유리 말에 희수가 유리를 안았다.

"자료를 내려받기는 했지만 내용을 확인하려면 해제

코드가 필요해. 레오를 잡으면 알 수 있겠지."

제후가 유리를 보며 말했다.

"레오는 뮤게라는 닉네임을 보고 내가 은방울꽃을 좋아한다는 걸 유추했어. 그리고 일부러 'Lov'라는 타투를 새기고 나한테 접근한 거야."

"레오는 아바타니까 그렇다고 쳐도, 윤태오는 왜 현실에서까지 똑같은 타투를 한 걸까? 오히려 그게 확실한 증거가 될 수도 있는데……."

제후가 고개를 갸웃하며 유리를 보았다.

"네오스피어에서 레오로 지내면서 정체성이 흔들린 게 아닐까? 현실과 가상 공간의 경계가 희미해진 거지."

유리가 눈을 가늘게 뜨며 추측했다.

"그럴 수도 있겠네. 수조가 현실과 네오스피어를 연결하는 역할을 했다면, 타투는 현실과 가상의 자신을 이어주는 상징이었나 봐."

희수가 맞장구쳤다.

"맞아. 그리고 타투의 역할은 그게 다가 아닐지도 몰라. 지금까지로 미뤄 봤을 때, 내려받은 자료를 열 수 있는 중요한 키일 수도 있어."

재이의 말에 제후가 고개를 끄덕이고는 시계를 확인했다.

"방송 시작 30분 전이야. 이제 슬슬 레오 개인 방송국으로 이동하자."

빌딩 숲 한가운데로 이동한 네 사람은 주위를 둘러보았다. 각자의 이름을 내건 크고 작은 개인 방송국 건물들이 크리스마스트리처럼 반짝이고 있었다.

"저기다! 레오 방송국!"

희수가 10층짜리 건물을 가리켰다. 건물 옥상에 '레오 채널'이라는 네온사인이 번쩍거리고 있었다. 네 사람이 방송국 입구로 들어가려는데 누군가 재이를 불렀다.

"오네트!"

재이가 뒤를 돌아보았다.

"앨리스!"

고스트 하우스에서 만났던 앨리스였다. 이전의 앳된 모습과는 다르게, 앨리스는 정장에 구두를 신고 화장을 한 성숙한 모습이었다. 게다가 한 손에는 마이크까지 들고 있었다.

"저번에 도와줘서 정말 고마웠어요. 그날 급한 일이 있어 제대로 인사도 못 했네요."

앨리스가 미소를 지으며 손을 내밀었다.

"사실 저는 HBN 방송국 기자, 앨리스 조라고 해요."

"기자요?"

재이가 놀란 표정으로 되물었다.

"네. 저희는 메타버스에서 일어나는 사건들을 취재하고 있어요. 레오에 대한 제보를 받고 취재하다가 우연히 오네트를 만난 거였어요. 그날은 잠입 취재 중이었고요. 마지막에 그런 일이 벌어지리라고는 저도 예상 못 했지만요. 오네트 덕분에 무사히 빠져나올 수 있었어요. 그런데 여기엔 무슨 일로 오신 거예요?"

재이는 앨리스에게 그간의 상황을 간략하게 설명했다. 얘기를 모두 들은 앨리스의 눈빛이 날카로워졌다.

"이 사건, 특종감이네요. 우리 힘을 합쳐 레오의 정체를 폭로하죠. 그런 나쁜 놈은 이곳은 물론 현실에서도 더는 발붙이고 살 수 없게 만들어야죠. 마침 10분 후에 레오의 라이브 방송이 있어요. 그때 모든 걸 밝히는 거예요. 혹시 방송에서 사용할 증거 자료가 있을까요?"

"자료는 내려받았지만 잠겨 있어서 열 수가 없었어요. 비밀 코드를 찾아야 해요. 확실하지는 않지만 저희는 레오의 타투와 관련 있을 거라고 생각하고 있어요."

재이가 앨리스를 보며 말했다.

"가상 공간에서 타투를 그런 식으로 이용하는 경우가 꽤 있어요. 저도 타투를 의심하고 있긴 했어요. 레오가 중요한 타투라고 말한 적이 있거든요. 인터뷰를 하면서 시간을 끌 테니까 기회가 생기면 놓치지 마세요. 그나저나 레오가 저를 보면 어떤 표정을 지을지 정말 궁금하네요. 그럼 들어가죠."

앨리스는 의미심장한 미소를 지으며 건물 안으로 들어갔다.

레오가 진행 중인 라이브 방송 부스의 'ON'이라는 글씨에 초록불이 들어왔다. 부스 안에는 여러 대의 카메라가 레오를 촬영하고 있었고, 그중에는 앨리스와 함께 온 촬영 기사도 있었다. 재이는 순간적으로 의아했지만 곧 상황을 이해했다. 앨리스는 레오의 만행을 생방송 중에 폭로하려는 것이었다. 든든한 지원군이 있다는 생각에 재이의 긴장된 마음이 조금 누그러졌다.

"'인플루언서의 24시'를 준비하면서 사전 인터뷰를 요청해 둔 상태라 우리가 들어간다고 바로 방송을 중단하지는 않을 거예요. 내가 타투를 보여 달라고 유도할 테니, 오네트는 보조 진행자인 척하다가 스마트 링으로 타투를 스캔하세요."

앨리스가 재이에게 눈짓했다.

재이는 희수가 준 모자와 안경 아이템을 착용하고 앨리스와 함께 부스 안으로 들어섰다. 레오는 상품 소개에 몰두해 있어 앨리스와 재이가 들어오는 것을 눈치채지 못했다. 잠시 후 부스 밖에서 PD가 레오에게 사인을 보내자 레오는 고개를 끄덕이며 두 사람을 바라보았다.

"안녕하세요. 저희는 '어디든 간다!' 프로그램에서 나왔습니다. 오늘은 '인플루언서의 24시'를 취재하러 왔는데요."

순간 레오의 얼굴이 굳었다. 하지만 라이브 방송 중이니 아무렇지 않은 척 방송을 이어 가는 것 같았다. 근황을 나누는 척하던 앨리스가 갑자기 질문을 던졌다.

"어머, 타투가 있으시네요? 정말 멋진데요. 특별한 의미라도 있는 건가요? 시청자 분들께도 한번 보여 주세요!"

레오는 잠시 당황한 듯 보였지만 마지못해 셔츠를 젖혀 타투를 드러냈다. 재이의 심장이 미친 듯이 뛰기 시작했다. 재이가 스마트 링으로 타투를 스캔하자 스마트 링이 진동했다. 동시에 레오가 눈썹을 꿈틀했다. 순간 재이와 레오의 눈이 마주쳤다. 바로 상황을 눈치챈 듯, 레오가 자리에서 벌떡 일어나 갑자기 사라져 버렸다.

재이는 곧장 부스 밖으로 뛰어나가며 소리쳤다.

"레오가 네오스피어를 나갔어. 다들 링크를 해제해! 빨리!"

레오의 정체

재이가 자리에서 벌떡 일어났다.

"타투는 스캔한 거지?"

희수가 초조한 얼굴로 물었다.

"응, '코드 전송 완료'라는 메시지가 떴어."

"그럼 윤태오의 컴퓨터에 곧바로 저장됐을 거야. 컴퓨터로 직접 접근할 수 없게 유리의 스마트 링을 이용하고 심지어 아바타 타투에 비밀 코드를 숨기다니, 정말 치밀하다. 치밀해."

교무실은 다행히 윤태오가 다녀간 흔적은 없었다. 제후는 재빨리 컴퓨터를 켰다.

'Lily of the valley'라는 문구가 자료 사이를 어지럽게 떠다녔다. 제후가 자료 중 하나를 클릭하자 음란물 동영상이 재생되었다.

"이거 딥페이크네. 얼굴이 우리 학원 다니는 애야."

희수가 치를 떨며 말했다.

"나쁜 놈."

제후가 이를 악물었다.

"윤태오는 우리가 컴퓨터에 접근했다는 걸 알았을 텐데, 어디로 간 걸까?"

희수가 의문을 제기한 순간 재이가 비명에 가까운 소리를 질렀다.

"유리! 유리를 협박하려는 거야!"

재이가 정신없이 교무실을 뛰쳐나갔다.

"재이야, 같이 가!"

제후와 희수가 황급히 재이의 뒤를 따라 뛰었다.

병원 로비에 도착한 세 사람은 엘리베이터를 타고 유리의 병실로 올라갔다. 재이가 복도에 밴 옅은 알코올 냄새를 맡으며 병실 문을 열자 어지럽혀진 침대와 삐뚤어진 테이블이 눈에 들어왔다. 깔끔한 성격의 유리가 이렇게 어질러 놓을 리가 없었다.

"무슨 일이 있었던 게 틀림없어."

재이는 곧장 간호사 구역으로 달려갔다.

"우유리 환자 어디 갔어요?"

"아까 면회 오신 남자분이랑 휴게실 쪽으로 가셨어요."

간호사의 대답에 재이의 심장이 철렁 내려앉았다.

"재이야!"

제후가 재빠르게 재이에게 다가왔다.

"윤태오가 유리를 데려갔나 봐. 어디로 간 거지?"

재이가 불안한 눈으로 제후를 보았다.

"옥상 휴게실일 거야!"

희수가 병실에서 나오며 소리쳤다. 그러고는 재이에게 구겨진 흰 종이를 보여 주었다.

하늘 정원

누군가 급하게 휘갈겨 쓴 메모지였다. 곧장 비상계단으로 올라가 'SKY GARDEN' 푯말을 확인한 재이는 문을 힘껏 밀었다. 옥상 한쪽에서 둔탁한 소리와 여자의 날카로운 비명이 섞여 들렸다. 소리를 쫓아가 보니 엎치락

뒤치락하며 격렬히 몸싸움을 벌이는 두 남자 옆에 유리가 서 있었다.

"유리야!"

유리는 온몸을 심하게 떨고 있었다. 재이가 얼른 유리를 끌어안았다.

"저 사람……, 편의점 사장님 아니야?"

희수가 몸싸움을 하고 있는 두 남자를 가리켰다.

제후가 달려들어 윤태오를 뒤에서 끌어당겼다. 붉게 충혈된 눈으로 숨을 몰아쉬는 윤태오는 네오스피어의 레오도, 코딩 학원 선생도 아닌 초라한 범죄자에 불과했다.

윤태오의 입가에 비릿한 웃음이 떠올랐다.

"그깟 조작된 영상이 뭐가 어때서 난리야! 그냥 장난한 거라고."

"장난? 너 같은 새끼가 만든 영상 때문에 얼마나 많은 사람이 고통받는지 알아?"

재이가 이를 악물었다.

"걱정 마. 나 혼자만 보려고 만든 거야. 어디 안 돌려."

윤태오는 태연하게 말을 이었다.

"왜 유리 같은 청소년을 노린 거야!"

재이가 소리쳤다.

"왜긴 왜겠어. 저런 애들은 칭찬 몇 마디 해 주면 금방 넘어오거든. 사랑을 못 받고 자란 탓에 사랑받고 싶어서 안달이 나 있지. 그래서 쉬워."

윤태오의 비열한 말에 유리가 바들바들 떨며 소리쳤다.

"변태 새끼! 너는 성범죄자야!"

"내가 뭘 어쨌다고? 눈으로 봤다고 그게 죄야? 딥페이크잖아. 진짜가 아니라 가짜라고! 페, 이, 크!"

윤태오의 말을 듣던 유리가 분노를 참지 못하고 달려들려는 순간, 어디선가 날아온 주먹이 윤태오의 얼굴에 꽂혔다. 윤태오는 그대로 중심을 잃고 나가떨어졌다.

"이 새끼야, 그게 바로 성범죄야! 그 좋은 컴퓨터 기술로 기껏 이런 짓거리밖에 못 해? 너 같은 놈은 평생 감옥에서 썩어야 해."

피가 흐르는 이마를 닦으며 스마일 아저씨가 분노에 찬 목소리로 소리쳤다.

"아저씨!"

유리가 울먹이며 아저씨에게 달려가 안겼다.

"미안하다, 유리야. 내가 좀 더 일찍 알아챘어야 했는데. 다 내 잘못이다."

"아저씨 잘못 아니에요."

유리가 흐르는 눈물을 닦으며 말했다. 윤태오는 여전히 뻔뻔하게 큰소리를 쳤다.

"증거 있어? 증거 있냐고! 지금 감히 날 모함하려는 거야? 좋아, 경찰 불러! 폭행죄로 다들 같이 가자고!"

그때 낯선 목소리가 들려왔다.

"걱정 마세요. 지금 경찰이 오고 있으니까요."

마이크를 든 낯선 여자가 윤태오를 가리키며 말했다. 옆에 선 촬영 기사가 윤태오를 찍자 흥분한 윤태오가 소리를 질렀다.

"뭐야! 카메라 꺼! 이거 다 불법 촬영이야!"

달아나려는 윤태오를 모두가 달려들어 붙잡았다.

"이거 놔! 왜 생사람 잡고 이래! 얘들아, 나야, 선생님이야!"

윤태오의 비명을 뒤로하고 경찰이 도착했다.

"신고받고 왔습니다."

경찰은 상황을 확인한 뒤 윤태오에게 수갑을 채웠다.

"아, 난 아무 잘못도 없다니까. 오해한 거라고. 이것들이 내 친절을 오해한 거야."

윤태오는 여전히 뻔뻔하게 끝까지 변명을 늘어놓았다. 갑자기 짝 소리가 나며 윤태오의 고개가 돌아갔다. 윤태오의 얼굴에 빨간 손바닥 자국이 남았다.

"뭐야!"

윤태오가 고개를 돌렸다. 재이가 단호한 눈빛으로 윤태오를 노려보았다.

"잘못을 했으면 벌을 받아야지. 네가 내 동생에게 남긴 상처는 평생 지워지지 않을 거야. 그 상처가 아물기까지 넌 몇 배로 고통 받길 바라."

재이가 끓어오르는 분노를 억누르며 말했다.

"자, 비켜 주세요."

경찰은 윤태오를 끌고 나갔다. 윤태오는 여전히 자신의 무고함을 외치며 몸부림쳤다. 바들바들 떨고 있던 유리가 갑자기 윤태오를 쫓아가 앞을 막아섰다.

"언젠가 네가 말했지? 널 알아본 나도 너랑 똑같은 인간이라고. 아니, 난 너랑 달라. 넌 인간도 아니야. 넌 그냥 쓰레기야."

유리의 말에 윤태오는 아무 대꾸도 못 한 채 경찰에 의해 옥상에서 끌려갔다.

"오네트, 아니 우재이 씨. 취재를 허락해 준다면 내가 책임지고 이 사건을 공영방송에 내보낼게요."

마이크를 들고 있던 여자가 진지한 얼굴로 말했다.

"앨리스?"

재이가 놀란 듯 여자를 보았다. 여자는 고개를 끄덕이며 재이를 마주 보고 웃었다. 네오스피어의 앨리스와 현실의 앨리스가 웃는 모습은 다르면서도 묘하게 비슷했다.

"이건 내 명함이에요."

앨리스는 스마트 링으로 디지털 명함을 전송해 주었다.

"어? 닉네임이 아니라 진짜 이름이 앨리스였어요?"

제후가 눈을 동그랗게 뜨며 물었다.

"네, 동화책에 나오는 주인공 이름이죠. 주인공처럼 모험을 다니라는 계시였나 봐요."

앨리스가 미소를 지으며 답했다.

"실은 바이오 백에서 태어났을 때 받은 이름이에요."

"바이오 백이요?"

재이가 놀란 듯 되물었다.

"네, 전 바이오 백 첫 번째 세대예요. 지금은 바이오 백에서 태어난 게 큰 이슈가 아니지만, 당시에는 아주 큰 화제였죠. 아무튼, 그럼 나중에 다시 연락할게요."

앨리스는 바이오 백에서 태어난 걸 자랑스러워하는 눈치였다. 경찰이 옥상을 내려가자 앨리스도 경찰을 따라 옥상을 내려갔다. 하늘 정원에 잠시 적막이 내려앉았다.

"다들 무사해서 정말 다행이다."

침묵을 깬 사람은 스마일 아저씨였다.

"다치지 않으셔서 다행이에요. 그런데 어떻게 여길 오셨어요?"

"희수가 연락해 줘서 알았지."

재이의 질문에 아저씨가 너털웃음을 지었다. 희수는 머쓱한 얼굴로 아저씨를 보며 미안한 표정을 지었다. 그동안 해 온 오해가 마음에 걸린 게 분명했다. 스마일 아저씨의 눈가에 퍼진 주름을 보며 재이는 새삼스럽게 아저씨와 벌어졌던 시간의 틈이 꽤 길었음을 실감했다.

"고마워, 제후야. 희수도, 그리고 재이 언니도. 아저씨도요. 정말 감사드려요."

핏기 없이 창백했던 유리의 눈가가 붉게 물들었다.

하늘 정원 위로 잔잔한 바람이 불자 긴장이 가득했던 옥상의 공기가 조금씩 가라앉았다.

은방울꽃

"오늘 모두 온다고 했지?"

유리가 새로 산 원목 테이블 위치를 조정하며 물었다.

"응, 전원 참석 예정."

재이는 그동안 모은 루니로 꾸민 거실을 둘러보며 흐뭇하게 웃었다.

"꼭 저 사진을 걸어야겠어?"

유리가 팔짱을 끼며 벽에 걸린 사진을 힐끗 쳐다보았다.

"내 마음대로 고르라며. 난 열기구 사진이 좋아."

재이의 입가에 미소가 번졌다.

"고소공포증 때문에 타지도 못하면서."

유리 말에 재이가 눈을 동그랗게 뜨며 말했다.

"나 타 봤어! 네오스피어니까 용기를 좀 내 봤지. 엄청 멋졌어!"

"누가? 내가?"

때마침 거실로 들어오던 제후 말에 재이의 얼굴이 빨개졌다.

"무슨 소리야. 어서 와."

재이가 말을 돌리며 어색하게 웃었다.

"내가 좀 늦었지."

곧이어 스마일 아저씨의 등장으로 어색한 분위기가 누그러졌다.

"아저씨! 브레인 링크는 일부러 사신 거예요?"

유리가 반갑게 물었다.

"아니, 딸이 예전에 쓰던 거야. 구버전이라 반응은 느리지만 아직 쓸 만해. 집이 참 좋구나."

아저씨가 거실을 둘러보며 대답했다.

"감사합니다. 그런데 1층은 곧 새로운 용도로 바꾸려고 해요. 이번 일을 계기로 디지털 성범죄에 대한 경각심을 알리는 활동을 하려고요. 네오스피어는 아이들에게 훨씬 더 익숙한 공간이니까 이 집을 활용해서 아이들과 부모님들에게 관련 정보를 제공할 거예요."

유리가 재이를 보며 말했다. 이번에는 재이가 나섰다.

"이곳에서 모임이나 동호회를 만들어 볼까 해요. 앨리스 언니가 도움을 준다고 하셔서 상담이나 전문가 지원도 받을 수 있을 것 같아요."

그때 먼저 와서 집을 구경하고 있던 앨리스가 2층에서 내려왔다.

"사장님 오셨네요. 사장님도 도와주실 거죠?"

"좋은 일에 제가 빠질 수 없죠. 마침 편의점이 학원가에 있으니 적극 홍보하겠습니다."

아저씨가 흔쾌히 대답했다.

"앗, 좀 전에 기사 떴어요. 살인 미수, 감금, 폭행, 미성년자 성추행……, 죄명이 엄청 많아요. 학원 안에 작업실을 만들어서 그런 영상을 제작한 모양이에요."

제후가 스마트 링을 들여다보며 말했다.

"나쁜 놈……. 가르치는 학생들한테까지 그런 짓을 하다니. 정말 인간 이하야."

희수가 분노하며 아랫입술을 깨물었다.

"이제 그건 우리 손을 떠났어요. 디지털 성범죄는 새로

추가된 '가상 공간 미성년자 약취 및 유인법'에 따라 특정 범죄가중처벌법 적용을 받아요. 형량이 엄청나게 높아졌고, 윤태오는 살인 미수와 폭행, 감금까지 죄가 여러 개라 살아 있는 동안은 절대 밖으로 못 나올 거예요."

앨리스의 말에 유리가 안심한 표정을 지었다.

한동안 진지한 이야기를 나눈 후, 분위기는 자연스럽게 게임으로 옮겨 갔다. 팀을 나누어 게임을 시작하며 웃음소리가 끊이지 않았다.

재이는 사람들 사이에서 따스한 온기를 느꼈다. 재이는 이 따스함이 자신이 그동안 진심으로 원하던 것이었음을 깨달았다. 방 안에서 홀로 있던 시간과는 달리 사람들과 함께하는 이 순간이, 지금 느끼고 있는 다양한 감정이 재이의 내면을 깊고 풍요롭게 채워 주었다.

"보여 줄 게 있어. 2층으로 올라가자."

사람들이 돌아간 후 유리가 재이를 데리고 위층으로 올라갔다.

"열어 봐."

재이의 방 앞에서 유리가 웃었다. 의아한 눈으로 방문

을 연 재이는 깜짝 놀랐다. 썰렁했던 방 안에 침대와 책상, 그리고 옷장이 놓여 있었다. 다양한 액세서리와 책상 위에 놓인 물건을 본 재이의 눈이 커졌다. 모두 유리의 방에서 본 것들이었다.

"그동안 두 개씩 샀던 이유야."

재이는 마음속 깊은 곳이 뜨거워졌다.

"이건 선물."

유리가 클로버 키링을 내밀었다.

"어, 네잎클로버가 아니네?"

"세잎클로버는 행복을 뜻한대."

재이는 세잎클로버를 선물로 준 유리의 마음을 이해할 수 있었다. 유리에게 '집'은 언제나 그 자리에서 자신을 품어 주는 곳이자 소중한 사람과 행복할 수 있는 공간이었고, 그곳에서 유리는 가족인 재이와 행복하고 싶었던 것이다. 그건 재이도 마찬가지였다. 이번 일을 통해 재이는 자신이 왜 그렇게 오랫동안 허전함에 시달렸는지 알 것 같았다.

재이는 세잎클로버 키링을 꼭 쥐었다. 이제 막 발끝에 도착한 행복이 느껴졌다.

그때 재이의 스마트 링이 진동했다.

> 공원에 산책 나왔는데 달을 보니까 네 생각이 나서 연락했어.

> 달을 봤는데 왜 내 생각이 나? 혹시 무슨 일 있어?

> 우재이, 네가 보고 싶다는 말이잖아.

> 뭐야, 알았어……. 지금 갈게.

"누구야?"

"제후. 좀 있다 공원에서 만나기로 했어."

"아, 부럽다! 지금 당장 내 방으로 내려와."

유리는 재이의 대답도 듣지 않고 링크 해제를 하고 눈앞에서 사라졌다.

"뭐야, 정말 못 말려."

재이도 어쩔 수 없이 접속을 해제했다.

현실로 돌아온 재이는 브레인 링크를 상자에 넣고 2층에 있는 유리의 방으로 내려갔다.

기숙사 방문을 열고 들어가자 활짝 열린 옷장이 보였

다. 유리는 재이를 보자 침대 위에 놓인 흰 블라우스와 체크무늬 치마를 가리켰다.

"이거 입어. 내가 예쁘게 화장도 시켜 줄게."

"됐어. 난 그냥 내 스타일이 좋아."

"왜. 꾸미고 나가면 제후 좋아하는 거 티 날까 봐? 다 아는데 새삼스럽게."

유리가 놀리듯 말했다.

"신경 써 줘서 고맙기는 한데 난 그냥 이대로 나갈래."

"아무튼 고집은."

"고집은 너도 만만치 않거든."

유리를 보며 재이가 피식 웃었다. 그러고 보면 재이는 유리와 알게 모르게 많이 닮았다는 생각이 들었다. 서로 다르다고만 생각했는데 비슷한 점이 참 많다는 걸 이제야 알게 되었다.

기숙사를 나와 공원으로 걸어가며 재이는 밤하늘을 올려다보았다. 별이 유난히 잘 보였다. 아침 뉴스에서 오늘이 별 관측에 최적의 날이라고 했던 게 떠올랐다. 별을 보며 재이는 앨리스가 보낸 메시지를 떠올렸다.

같은 바이오 백에서 태어났으니 너희 둘은 내 친자매
나 다름없어. 바이오 백에서 태어났든 자궁에서 태어
났든, 어떤 방식이나 생명은 소중한 거야. 이 세상에서
빛을 본 것만으로도 얼마나 큰 행운이니. 그러니까 스
스로가 특별하고 소중한 존재라는 걸 잊지 마. 저 하늘
의 별처럼.

재이는 스스로를 사랑하지 못했던 과거를 떠올렸다.
유리가 흔들렸던 것도, 자신이 유리를 질투하고 미워했던
것도 같은 이유였다. 내면이 단단하지 못한 까닭으로 쉽
게 무너질까 두려웠고, 그래서 끊임없이 버팀목이 될 무
언가를 찾았다. 하지만 이제는 더 이상 그런 버팀목이 필
요하지 않았다. 완벽하지 않아도 스스로를 인정하며 소중
한 사람들과 함께 멋진 일상을 만들어 가는 삶이 진짜 행
복이라는 걸 깨달았으니까.

공원에 도착하자 풀 냄새가 짙어졌다.

"재이야!"

제후가 손을 흔들었다. 재이는 마음속으로 생각했다.
이제 자신은 더는 누군가의 손길이 필요한 마리오네트 같

은 존재가 아니라고.

'제후한테 새로운 닉네임 추천해 달라고 할까?'

재이도 환하게 웃으며 손을 흔들었다. 부드러운 밤바람이 뺨을 스치고 지나갔다. 공원을 거닐고 있는 사람들이 보였다. 네오스피어와 비슷하면서도 확연히 다른 이곳. 진짜 사람들이 있는 현실이었다. 그리고 릴제가 아닌 제후가 재이를 보며 웃고 있었다. 재이의 흐릿했던 일상이 점점 선명해지고 있었다.

작가의 말

　『도둑맞은 얼굴』은 메타버스 '네오스피어'라는 가상 세계와 현실을 오가는 근미래를 배경으로 한 이야기입니다. 그곳은 현실 속 인물들의 상처와 결핍을 드러내는 공간이기도 합니다. 가상 공간에서 벌어지는 모든 일은 현실에서 비롯된 문제이며, 결국 현실로 이어집니다.

　네오스피어는 현실과 다른 가상 공간이지만, 때로는 현실보다 더 현실처럼 느껴지는 곳이기도 합니다. 주인공 재이는 현실에서 도망쳐 네오스피어라는 가상 공간에 숨습니다. 그곳에서는 자신의 진짜 모습을 드러내지 않아도 되기에 재이는 현실보다 메타버스 네오스피어를 더 편안하게 생각합니다.

　네오스피어는 소설 속 설정이기는 하지만 메타버스는

이미 우리의 생활 전반에 깊이 스며들어 더는 낯설지 않은 단어가 되었습니다. 우리는 메타버스라는 가상 공간에서 자신의 진짜 모습은 숨기고 매력적인 아바타를 내세워 내 안의 다른 모습을 보여 줄 수도 있습니다. 또한 누군가의 깊숙한 내면이 드러나기도 하는데, 이는 메타버스의 장점이자 단점으로 작용해 양날의 검이 되기도 합니다.

좋은 얼굴로 나쁜 짓을 하려는 사람을 알아보기란 어렵습니다. 진짜 모습을 알 수 없는 가상 공간에서 나쁜 의도를 숨긴 사람을 구별하는 일은 더욱 힘듭니다. 게다가 가상 공간에서 벌어지는 악행은 은밀하고 치밀하게 이루어집니다. 현실과 맞닿아 있는 그곳에서는 지금도 딥페이크를 비롯해 많은 윤리적 문제가 끊임없이 발생하고 있습니다. 아이러니하게도 첨단 기술의 발전은 분명한 장점을 가져오지만 동시에 심각한 단점도 동반합니다.

가짜와 진짜를 구분할 수 없는 가상 공간에서의 관계를 우리는 어디까지 믿고 기대할 수 있을까요? 책 속 네오스피어에서도 딥페이크 범죄가 일어납니다. 저는 소설을 통해서 특히 이런 범죄에 취약한 청소년이나 어린이에게 메타버스가 더는 단순한 오락이 아닌 위험한 공간이

될 수도 있다는 메시지를 담고 싶었습니다.

『도둑맞은 얼굴』을 통해 독자 여러분이 메타버스를 새로운 시각으로 바라볼 계기가 되었으면 하는 바람입니다. 가상 공간이든 현실이든, 우리가 만들어 가는 세계는 결국 우리의 생각과 선택에서 비롯됩니다. 여러분의 생각이 견고하고 가치 있는 신념이 되어 여러분 자신을 지킬 수 있기를 바랍니다.

이 글을 완성하기까지 도움을 주신 모든 분께 감사드리며, 이 책을 선택해 읽어 주실 독자 여러분께도 진심으로 감사드립니다.

한겨울을 지나며
작가 효주

도둑맞은 얼굴

초판 인쇄 2025년 2월 24일 **초판 발행** 2025년 2월 24일

지은이 효주

펴낸이 남영하 **편집** 전예슬 조웅연 **디자인** 박규리 **마케팅** 김영호 **경영지원** 최선아

펴낸곳 ㈜씨드북 **주소** 03149 서울시 종로구 인사동7길 33 남도빌딩 3F **전화** 02) 739-1666 **팩스** 0303) 0947-4884

홈페이지 www.seedbook.co.kr **전자우편** seedbook009@naver.com **인스타그램** instagram.com/seedbook_publisher

ISBN 979-11-6051-717-0(43810)

ⓒ 효주, 2025

● 책값은 뒤표지에 있어요. ● 잘못 만들어진 책은 구입하신 서점에서 바꾸어 드려요.

● 씨드북은 독자들을 생각하며 책을 만들어요.